HAYMON verlag

Rolf Steiner

Der Holunderkönig

Von einem, der auszog Peter Handke zu treffen

MIX
Papier aus verantwortungsvollen Quellen
FSC® C083411
FSC
www.fsc.org

Auflage:
4 3 2 1
2020 2019 2018 2017

HAYMON verlag
Innsbruck-Wien
www.haymonverlag.at

ISBN 978-3-7099-3405-0

Umschlag- und Buchgestaltung:
hœretzeder grafische gestaltung, Scheffau/Tirol
Umschlagabbildung: www.shutterstock.com/TatsianaD
Satz: hœretzeder grafische gestaltung, Scheffau/Tirol

Gedruckt auf umweltfreundlichem,
chlor- und säurefrei gebleichtem Papier.

Über das Schwärmen

Es war der 18. September 1970. Ich stieg die Gangway herunter, war von der West- zurück an die Ostküste geflogen, von Los Angeles nach Philadelphia, und hatte Kalifornien, das damals gelobte Land, hinter mir gelassen. Ein zukünftiger Arbeitskollege holte mich bereits auf dem Rollfeld ab. Jimi Hendrix ist tot, sagte er zur Begrüßung. Mir verschlug es die Sprache. Hatte er nicht gerade noch, vor wenigen Tagen, in Deutschland ein Konzert gegeben, auf der Insel Fehmarn? Während der gesamten anschließenden Fahrt nach Camden, New Jersey, wo ich in meiner Eigenschaft als Kriegsdienstverweigerer am nächsten Tag in einer von Schwarzen und Puerto-Ricanern bewohnten Gegend meinen Ersatzdienst antreten sollte, blieb ich stumm, ja, war geradezu mit Stummheit geschlagen.

Jimi Hendrix war mein erster Schwarm. 1966 hörte ich zum ersten Mal *Hey Joe*. Ich lebte damals im Internat, ging in die Obertertia, und wir taten in unserer Freizeit nichts anderes als Rockmusik zu hören. Als seine Gitarre in meine Welt einbrach, war nichts mehr wie vorher. Sein Spiel kehrte mein Innerstes nach außen, machte mich taub gegen musikalische, überhaupt gegen jegliche Art von ‚Unterhaltung', ermöglichte mir die Flucht aus dem langweiligen Internatsalltag und linderte Kummer und Selbstzweifel.

Im Januar 1969, ich war siebzehn Jahre alt, sah ich Hendrix zum ersten Mal leibhaftig auf der Bühne. Ich hatte eine Sondererlaubnis bekommen, fuhr am Nachmittag mit dem Zug vom Internat in meine Heimatstadt, holte das um einige Zentimeter zu lange Haar, das ich immer hinter den Ohren versteckte, hervor, schloss mich in der Zugtoilette ein, schlüpfte in die damals angesagte Kleidung, die ich im Internat nicht tragen durfte, Schlaghose und gebatiktes T-Shirt, und entstieg dem Zug als freier junger Mann.

Was mir von dem Konzert am deutlichsten in Erinnerung geblieben ist, ist die Stille, die während seines Gitarrenspiels im weiten Rund der Sporthalle geherrscht hatte und in die sich die Soli ergossen wie in ein großes Gefäß. Zutiefst bewegt, fuhr ich am späten Abend zurück ins Internat: Er war mir erschienen.

Nun dringt seine Musik aus dem Zimmer meines Sohnes. Er spielt Gitarre. Er kann *Hey Joe* spielen und *Stone Free, Burning of the Midnight Lamp, All Along the Watchtower,* alles noch ein wenig buchstäblich (oder sollte ich sagen: notlich?), und *The Star-Spangled Banner,* jene von Hendrix zur Zeit des Vietnamkrieges gespielte Version der amerikanischen Nationalhymne, die immer noch *das* herausragende Beispiel einer geglückten Verschmelzung von Kunst und politischer Agitation ist.

Vor einigen Jahren, als ich eine Ausstellung über einen einwöchigen Besuch in Auschwitz machte, hat mein Sohn auf meinen Wunsch das *Deutschlandlied* bei der Ausstellungseröffnung ‚hendrixmäßig' interpretiert und mit seinen Rückkopplungen gnadenlos in seine Bestandteile zerlegt. Fast war es, als hörte man das Befehlsgebell der SS auf der Straße vor der Galerie, während ich aus meinem Auschwitz-Text vorlas.

Noch heute, nach über fünfzig Jahren, gerate ich aus der Fassung, wenn ich ein Hendrix-Lied höre. Nie wieder hat mich jemand derart weit aus mir herausgetrieben, in der Glut seiner Soli bin ich auferstanden.

Der Begriff Schwärmen hat laut Herkunftswörterbuch der deutschen Sprache folgenden Ursprung: *mhd.* Swarmen, swermen; vgl. *aengl.* Swierman, *schwed.* svärma „sich als Schwarm bewegen", besonders von Bienen; in der Reformationszeit für das Treiben der Sektierer gebraucht, erhält „schwärmen" die übertragene Bedeutung „wirklichkeitsfern denken; sich begeistern"), dazu Schwärmer (im 16. Jahrhundert für „Sektierer“, später „begeisterter Phantast“; jetzt auch für bestimmte Abendfalter und Feuerwerkskörper) und „Schwarmgeist, Phantast“ (bei Luther „Schwermgeist“).

Ja, ich bin ein Schwärmer, ein Schwarmgeist, ein wirklichkeitsferner Denker, ein Phantast, mein Herz ist ein Bündel Lerchen, im Schwärmen gehe ich aus mir heraus, da weitet sich meine Brust, ich fahre gen Himmel und meine Lebensgeister schäumen auf, ich lasse fünf gerade sein, singe ein bedingungsloses Ja hinaus in die Welt, ziehe mich am eigenen Schopf aus dem Sumpf, stoße in die Fanfaren der Illusion, verliere jedes Maß, verlasse das Wohltemperierte, verlache das Wohldurchdachte, erhebe mich aus der Asche meiner Existenz, ja, ich schwärme für das Schwärmen, schwärme aus auf der Suche nach geistigen Verbündeten und, ja, ich bin auch ein begeisterter Bewohner meiner eigenen, elfenbeinernen Existenz. Erstmals deutlich geworden ist mir das kurz vor dem Abitur, als ich mit meinem besten Internatsfreund im Rheinhotel Dreesen saß, einem weißen Gründerzeitbau am Rheinufer, wo ich hin und wieder einkehrte, vornehmlich aus zwei Gründen: zum einen wegen seiner wechselvollen Geschichte, die uns im Rahmen des Geschichtsunterrichts durch einen Ausflug ins Hotel anschaulich gemacht worden war – Adolf Hitler hatte sich 1926 bei seinem ersten Besuch als „staatenloser Schriftsteller“ eingetragen, die Oberkommandos verschiedener Armeen nahmen es im Zweiten Weltkrieg als Hauptquartier; zum anderen wegen des prickelnden Gefühls, das mich ergriff, wenn ich in meinen jungen Jahren von einem Ober in Livree auf vornehme, einem Pennäler nicht angemessene Art bedient wurde, nur das Geld für das billigste Getränk in der Hosentasche: „Ein Kännchen Kaffee mit zwei Tassen bitte.“

Wir saßen im Kastaniengarten mit Blick auf den Drachenfels und den Rhein, auf dem noch von Schleppern gezogene Lastkähne verkehrten. Es war ein frühsommerlicher Juninachmittag, wir unterhielten uns über unsere Zukunft nach dem Abitur und stimmten mit dem damals herrschenden, von der 68er-Bewegung geprägten Zeitgeist überein, dass man die Gesellschaft verändern müsse – aber über den Weg stritten wir heftig. Mein Freund vertrat die Ansicht, dass man einen Beruf zu ergreifen habe, denn nur von innen heraus, als Teil der Gesellschaft, könne man sie verändern. Er hatte bereits ziemlich genaue Vorstellungen, er wollte Jura studieren und Rechtsanwalt werden. Ich schüttelte immerzu den Kopf und vertrat das Gegenteil, nur von außen könne man gesellschaftliche Veränderungen herbeiführen. Dazu brauche es eine Utopie, die allein durch ihre Distanz zu den bestehenden Verhältnissen deren Veränderung ermögliche. Insgeheim jedoch war ich von einer totalen Verweigerungshaltung durchdrungen, die ich nicht in Worte fassen konnte, derer ich mich deshalb schämte und die ich dadurch, dass ich den Begriff „Utopie“ ins Spiel brachte, salonfähig zu machen versuchte. Nein, mit der Gesellschaft wollte ich nichts zu tun haben, ich wollte mein eigenes Leben leben, es für mich neu erfinden. Die Vorstellung, einer geregelten Arbeit acht Stunden am Tag, fünf Tage die Woche nachzugehen, schien mir unerträglich. Mein Freund nannte mich einen Eskapisten und ich ihn im Gegenzug einen Opportunisten, dem es unter dem Deckmäntelchen des von der außerparlamentarischen Opposition ausgerufenen Marschs durch die Institutionen nur um seine Karriere gehe. Das Gespräch endete in einer spürbaren Abkühlung unserer Freundschaft, und wenn ich mich recht erinnere, gingen wir auf getrennten Wegen ins Internat zurück.

So wurde mir an jenem geschichtsträchtigen Ort zum ersten Mal bewusst, dass ich meine persönliche Geschichte nicht mit der allgemein gesellschaftlichen synchronisieren konnte, nicht unbedingt, weil es mir unmöglich war mich unterzuordnen, sondern weil ich nichts als meine Existenz in die Waagschale zu werfen hatte: Sie duldete keinen Beruf, denn sie war Berufung. Da stand ich, mit nichts in der Hand als einem diffusen Vermögen, sie in Worte oder Bilder zu fassen, nein, nicht einmal einem Vermögen, nur einer maßlosen schwärmerischen Energie, die mich mit gesenktem Kopf voranstieß. Es war, als hätte ich damals in diesem lichten und zugleich verzweifelten Moment das erste Mal den *Ton meiner Existenz* in mir gespürt. Es war ein einzelner Ton, kein Zwei-, Drei- oder Mehrklang, weder einem Musikinstrument noch einer Kehle entstammend, frei schwingend in Leib und Seele, ohne Anfang und Ende. Es war weniger ein Hören als ein Innewerden: Dieser Ton hatte keine Frequenz, versetzte weder das Trommelfell noch die Gehörknochen in Schwingung. Er war der Kern meiner schwärmerischen Energie und würde sich von nun an als schwarzes Leuchten durch mein Leben ziehen. Mir war es aufgegeben, meine Stimme zu formen, aus der anfänglichen Nabelschau das Allgemeingültige herauszufiltern und mich ohne schlechtes Gewissen und falsche Scham zu ihr zu bekennen. Damals schrieb ich die folgenden Gedichtzeilen: „Ich will nichts lernen, / ich will nichts lernen, / es keimt aus mir heraus, / das ist alles. / Regen fällt ins Meer.“ Hätte ich gewusst, welch langer beschwerlicher Weg vor mir lag, ich wäre trotzdem losmarschiert. Ich hatte keine Wahl, aber die Aussicht auf den geistigen Proviant meiner vielen zukünftigen, von meiner schwärmerischen Natur zu Wegbegleitern auserkorenen ‚geistigen Blutsbrüder‘, so möchte ich sie, das Pathetische nicht scheuend, nennen, ermutigte mich.

Da war zuerst einmal Beckett. Es war ein, verglichen mit der Begeisterung, die ich für Hendrix empfand, stilleres, nicht so überschäumendes Schwärmen, was wohl auf den naturgemäßen Unterschied zwischen Musik und Literatur zurückzuführen ist: Töne gehen direkt ins Blut, Worte dagegen wirken eher wie Vitamine, die sich über Monate und Jahre im Körper ablagern. Seine Romanfiguren Molloy, Murphy und Malone begleiteten mich, allesamt Tippelbrüder, die, rittlings über dem Grab geboren, durch die Kulissen eines sinnlosen Daseins strichen, fortwährend in Selbstgespräche verwickelt, jenseits von Gut und Böse, Trauer und Glück, doch mitunter durchaus vergnüglich. Molloy trug einen Mantel mit vier Taschen, in denen er jeweils vier Lutschsteine aufbewahrte, die er nach einem ganz bestimmten System durch die Taschen wandern ließ, um keinen Stein zweimal hintereinander zu lutschen. Wie er das bewerkstelligte, beschrieb Beckett haarklein auf mehr als einem Dutzend Seiten in jenem mit einem grünen Umschlag versehenen und drei Romane enthaltenden Buch, das mir 1969 in die Hände fiel.

Wenn ich es heute aufschlage und mir als Erstes ein vergilbter, vielmals gefalteter Zeitungsausschnitt aus dem Rheinischen Merkur entgegenfällt, auf dem Becketts hagerer, an einen Adler erinnernder Kopf mit den kurzen, struppig grauen Haaren abgebildet ist, ich dann weiter blättere und die vielen, mit Bleistift unterstrichenen Textpassagen und die zahlreichen Randnotizen sehe, dann wird es mir warm ums Herz bei dem Gedanken, wie sehr die Figuren mein damaliges Lebensgefühl verkörperten.

Beckett hat einmal auf die Frage, was denn Kunst sei, geantwortet: *The expression that there is nothing to express, nothing with which to express, nothing from which to express, no power to express, no desire to express, together with the obligation to express.* Die Aussage rührte mit ihrer Radikalität an etwas tief in mir Verborgenes, obwohl sie auf der Ebene des Lebensvollzugs nicht auf mich zutraf, ich war jung und es steckte einiges in mir, das nach Ausdruck verlangte.

Im Januar 1972 kehrte ich nach Deutschland zurück, mit dem Vorhaben Freie Kunst zu studieren. Ich hatte mir während meiner Zeit in Amerika eine Mappe zusammengezeichnet und -fotografiert, mit der ich mich an der Hamburger Kunstakademie bewarb und angenommen wurde. Und dann geschah etwas Merkwürdiges, das ich aus heutiger Sicht nur noch schwer nachvollziehen kann: Ich schlug den Studienplatz aus. Die täglichen Einflüsterungen zweier Freunde, die Soziologie und Politik studierten und mit denen ich in eine Scheune am Rand des Teutoburger Waldes gezogen war, hatten gefruchtet: Kunst ist bürgerlich, ein Steckenpferd der Bourgeoisie. Mit Ästhetik kann man die Gesellschaft nicht verändern. Nur der Marxismus liefert das analytische Handwerkszeug, um den Kapitalismus zur Strecke und eine neue Gesellschaftsform auf den Weg zu bringen. Und hat man einmal die Missstände erkannt, muss man sie bekämpfen, und zwar auf politischer Ebene, nicht aus der Ferne eines im Elfenbeinturm verbrachten Lebens. *Es gibt kein richtiges Leben im falschen* – Adornos Satz war für mich wie in Stein gemeißelt, ich gab mich geschlagen, ja, meine Kunst war eine bürgerliche Verirrung. Es war mir nicht möglich, ohne theoretische Rechtfertigung – hätte ich nur damals schon Peter Handkes *Ich bin ein Bewohner des Elfenbeinturms* gelesen! – zu meinem Gefühl zu stehen und auszurufen: Ich mache Kunst um der Kunst willen, nicht der Zweck, sondern die Zwecklosigkeit heiligt ihre Mittel! Ich ließ den Platz an der Akademie verfallen und schrieb mich für das Wintersemester in Psychologie ein.

Nicht einmal die glücklichen Tage, die ich im Frühsommer im Bergischen zubrachte, und die mir jetzt im Rückblick wie eine Blaupause für das künstlerische Schaffen schlechthin erscheinen, wie das Sinnbild einer Selbstumarmung, konnten meinen Sinneswandel beeinflussen. Damals stellte ich, beeinflusst von Heinz Macks Stelen in der Wüste, große Bruchstücke von Industrieglasscheiben auf einer Weide in einer Reihe auf, um ihre gezackte, an ein Bergmassiv erinnernde Silhouette, die mit den Baumkronen des nahen Waldes korrespondierte, zu fotografieren. Welch Glücksgefühl durchströmte mich, als es mir nach vielen Versuchen gelungen war, sie in einer spannungsvollen Abfolge abzulichten! Und welch unvergleichliche Mischung aus tiefer Genugtuung und einem nach außen hin stillen, nach innen jedoch fast berstenden Außer-sich-Sein erfüllte mich, als sich die Bilder in der Entwicklerflüssigkeit materialisierten und ich sah, dass sie ganz und gar meinen Vorstellungen entsprachen.

Das Studium hatte für mich nichts mit einer Berufsausbildung zu tun, es war eher eine Auszeit, in der ich – so sehe ich es rückblickend – denjenigen Kräften, die mich dazu befähigen würden, meine Berufung in die Tat umzusetzen, eine weitere Möglichkeit zur Sammlung einräumte. Tagsüber ging ich in die Bibliothek, nach Sonnenuntergang in die Dunkelkammer, die ich mir eingerichtet hatte. Zwischen den Seminaren zeichnete ich, entwarf Fotoserien, übte den Spagat als Falscher im richtigen Leben, wurde Mitglied einer politischen- und gründete gleichzeitig eine Theatergruppe, die sich an Artauds *Theater der Grausamkeit* orientierte. Beckett war weiterhin einer meiner Begleiter, und so zitierte ich die Lutschsteinpassage, die immerhin sechzehn Seiten lang war, in meiner Diplomarbeit, was nicht unwesentlich dazu beitrug, dass meine Arbeit als feuilletonistisch und unwissenschaftlich bezeichnet und damit für den Bereich der empirischen Psychologie abgelehnt wurde. Ich stand mit dem Rücken zur Wand, und da endlich brach sich mein innerer Drang, den ich damals im Rheinhotel Dreesen zum ersten Mal gespürt hatte, rückhaltlos Bahn, er ließ sich nicht mehr zügeln. Ich sprang ins kalte Wasser der freien Kunst und begann an einer Art Gesamtkunstwerk aus Film, Theater und Musik zu arbeiten, mit dem ich in den nächsten Jahren durch die deutschen Kleinkunstbühnen tourte, begleitet von Herbert Achternbuschs geflügeltem Wort: *Du hast keine Chance, aber nutze sie*. Es war eine Ochsentour.

Achternbusch war für mich wie ein großer Bruder. Sein von Melancholie grundiertes Werk sprach mir aus der Seele. Ihn auf der Welt zu wissen, in seinen Büchern und Filmen seine Gegenwart zu spüren, war ein Trost. Da war ein Gleichgesinnter, der mir zeigte, dass es möglich war, das Unvermögen in normalen Verhältnissen zu leben, als Stärke, nicht als Schwäche der Öffentlichkeit zu präsentieren. Zudem verkörperte er für mich das Ideal des vielseitigen Künstlers, der Schriftsteller, Filmemacher und bildender Künstler in einer Person ist, und dessen Leben in eins geht mit seiner Kunst. Und dann kreuzten sich auch noch unsere Wege, ich begegnete ihm zufällig, in Griechenland, südlich von Kalamata, als ich einen Film drehte, den ich ihm widmen wollte. Einige Monate später gab es dann ein Wiedersehen in Ambach am Starnberger See, ich zeigte ihm den Film. Seitdem habe ich ihn, immer wenn ich in München war, besucht. Das letzte Mal sah ich ihn vor einigen Jahren auf der Straße nach einem Kinobesuch. Er stand da, ockerfarbenes Sakko, schwarzer Hut, schwarze Hose, Hände in den Hosentaschen, und es hatte den Anschein, als wüsste er nicht wohin. Aber ich verspürte keinen Wunsch, ihn anzusprechen, und wie ich ihm nachblickte, fühlte ich, dass ich ihn und er mich verlassen hatte.

So ist das mit den Lebensabschnittspartnern. Sie kommen und gehen. So überschwänglich sie zu gegebener Zeit, oft mit Pauken und Trompeten, in mir lebendig werden, so heimlich schleichen sie sich wieder davon. Auch Henry Miller hat sich kaum merklich davongestohlen. Als Primaner war ich auf ihn aufmerksam geworden, aber damals hatte ich noch nicht für ihn geschwärmt, das geschah erst viel später, als freier Künstler. Da endlich entfaltete er seine volle Wirkkraft in mir, und ich hing an seinen Zeilen, wenn er, beeinflusst durch Nietzsche, Spengler, Buddha und Laotse, in surrealen Visionen das Weltgeschehen mit der eigenen Existenz verband, wenn er die bedingungslose Hingabe an das Leben selbst, das er in seinem ungeordneten Nebeneinander von Hohem und Niedrigem, Grausamem und Zärtlichem, Lächerlichem und Anbetungswürdigem bejahte und in glühenden Worten schilderte. Wenn mir Selbstzweifel und Misserfolg jegliches Selbstvertrauen austrieben, war er stets zur Stelle und rief mir zu: Nimm dir ein Beispiel an mir, jahrzehntelang habe ich von der Hand in den Mund gelebt, keiner wollte meine Bücher veröffentlichen, ich hatte nicht die geringste Ahnung, ob meine Schreiberei etwas taugte, und doch habe ich das Leben bei den Hörnern gepackt! Und wenn danach meine Zuversicht noch immer nicht erwacht war, fasste er mich etwas härter an: Wie kannst du nur so unfrei sein, dein Wohlergehen von den Wechselfällen des Kunstbetriebes abhängig zu machen!? Halt den Mund und tue deine Arbeit!

Und so bin ich für eine Weile nach Paris gezogen – in die Stadt der großen Geister, in der viele meiner Helden gelebt hatten –, um auf Millers Spuren zu wandeln, habe die Orte, an denen er gewohnt, die Lokale, die er besucht, und die Straßen, in denen er sich herumgetrieben hat, aufgesucht, habe im Klang ihrer Namen, rue de la Tombe-Issoire, Clichy, Brasserie Zeyer, Louveciennes, Villa Seurat, die Bilder der Vergangenheit beschworen und ihn in einem Theaterstück, das auf den Terrassen der drei großen Cafés am Montparnasse – Le Dome, La Coupole und Le Select – spielte, in Gesprächen mit anderen großen Geistern, für die ich mehr oder weniger geschwärmt hatte, Cage, Artaud, Dalí, Beckett, Buñuel, Jarry, auferstehen lassen.

Michel Houellebecq schreibt in seinem Buch *Die Unterwerfung: ... allein die Literatur vermittelt uns das Gefühl von Verbundenheit mit einem anderen menschlichen Geist, mit allem, was diesen Geist ausmacht* (...) *Ein Buch, das man mag, ist zudem vor allem ein Buch, dessen Autor man mag, dem man gern begegnet, mit dem man gern seine Tage verbringt*.

Houellebecq spricht mir aus der Seele: Mein Schwärmen begnügt sich nicht mit dem Werk derer, für die ich schwärme. Schnell hat es zwischen den Zeilen Partikel ihrer Persönlichkeit aufgespürt, nach meinen Wünschen zusammengesetzt und sie zu meinen Begleitern und Verbündeten gemacht. Es tut gut, sie auf der Welt zu wissen. Ohne sie bin ich auf mich selbst zurückgeworfen und muss mein Dasein in meinen eigenen überschaubaren Grenzen fristen.

Achternbusch war mein großer melancholischer Bruder, der ein ähnliches familiäres Schicksal teilte; Samuel Becketts Landstreichern fühlte ich mich verwandt und mit ihnen strich ich durchs Land; Henry Miller, der Stehaufmann par excellence, reichte mir stets die Hand, wenn ich am Boden lag – und, seitdem sie (um nur meine ‚Hauptumschwärmten' zu nennen) von mir gegangen sind und ich sie nur noch in guter Erinnerung habe, ist es Peter

Handke, der mir den Rücken stärkt, mir beisteht wie ein Geist aus der Flasche, ich brauche sie nur zu entkorken, und schon zeigt mir sein Beispiel, wo's lang geht, querfeldein auf Neben- und Abwegen durchs Hinterland auf dem Luftkissen der Sprache.

Fast immer ist es so, dass, wenn ich in einer Buchhandlung ein neues Buch von ihm aufschlage und zu lesen beginne, die Worte mich hochstimmen und mich der Reigen seiner Sätze, auf unnachahmliche Weise vom Rhythmus des Innehaltens und Fließens bestimmt, in Bann schlägt. Und dann, irgendwann, hält es mich nicht mehr auf meinem Stuhl, zu groß wird die Erregung, das frische Buch droht meinen Händen zu entgleiten wie eine heiße Kartoffel, ich muss es zuklappen, mit mir davontragen, es entführen an einen sicheren Ort, wo ich es erst einmal in Ruhe lasse, bis ich mich abgekühlt habe.

Vor kurzem nahm ich den *Versuch über den geglückten Tag*, jenes Buch, mit dem mein Schwärmen für Peter Handke begann, wieder einmal zur Hand und ich wurde sogleich erfasst von der präzisen und zugleich luftigen Sprache, und kam langsam, Satz für Satz ins Schwärmen: Es war, als setzten die Worte, ein jedes mit Schwingen versehen, an verschiedenen Stellen meines Körpers an und lüpften mich mit vereinten Kräften empor. Ein feierliches Gefühl ergriff mich, das bald in ein Die-Arme-in-die-Luft-Strecken, ein Freiwerden und schließlich in ein – ich scheue mich nicht, die pathetische Wendung von Ungaretti zu zitieren – „Erleuchtet-Sein vom Unermesslichen" überging, so, wie es mir bei den Songs von Jimi Hendrix, der Oper *Parsifal* von Richard Wagner und dem Theaterstück *Civil Wars* von Robert Wilson geschehen ist.

Wie in diesem ‚Versuch' ein Satz den anderen gibt; wie das Nachdenken zum Den-Dingen-hinterher-und-um-sie-Herumdenken wird; wie dieser Versuch, einer Sache ohne Vorurteile und Hintergedanken auf den Grund zu gehen, in seiner Redlichkeit, in seinem nicht locker- und eine stetige Geistesgegenwart walten lassen, schön, entwaffnend schön ist, und wie die Worte, dieser Schönheit vollkommen gemäß, den Leser mitnehmen auf den mäandernden, von Irrtum zu Irrtum führenden Weg! So kann man ihn als einen wahren, dieses Unterwegssein als ein wahres Unterwegssein bezeichnen, als das Gewahr-Werden eines sich erst im Moment des Voranschreitens auftuenden Weges, auf dem der Augenblick und zugleich das den Augenblick Überdauernde den Leser an die Hand nehmen – kurz, ein Weg, der ihm den Begriff des Schönen mit Leben füllt.

Der
Holunderkönig

1

Chaville ist ein kleiner Ort am südwestlichen Rand von Paris, zwischen Sèvres und Versailles gelegen. Heute, es ist der 17. August 2006, werde ich dorthin fahren, um ihn zu treffen, ihn, der mir in den letzten Jahren zu einem geistigen Begleiter geworden ist. Wo ich ihn treffe, steht noch nicht fest, das überlasse ich dem Zufall, oder dem Schicksal, je nachdem, wie man den Lauf der Dinge betrachtet. Auf jeden Fall sollte ich sein Buch, das er über die Gegend dort, die *Niemandsbucht*, wie er sie zu nennen pflegt, geschrieben hat, mitnehmen, als eine Art Talisman, der die an Sicherheit grenzende Wahrscheinlichkeit eines Treffens zu einer hundertprozentigen macht (ja, so könnte man es ausdrücken: eine hundertprozentige Wahrscheinlichkeit). Auch einen Regenschirm sollte ich mitnehmen, seit Tagen herrscht in Paris das reinste Aprilwetter, und das im August. Zwar scheint früh morgens die Sonne, aber das will nicht viel bedeuten, denn wenig später bezieht sich der Himmel, und spätestens mittags, nach der ersten Schreibschicht, wenn ich mein Atelier in der Cité des Arts verlasse und um die Ecke in der rue Saint-Antoine oder im angrenzenden jüdischen Viertel einen Kaffee trinken gehe, beginnen die Regenschauer.

Ich mag die Spaziergänge durch die Pariser Straßen, in denen es so viel zu entdecken gibt. Letztens habe ich neben der Klingel eines „Kinésithérapeute“ (was immer sich hinter dieser Therapie verbergen mag) ein Sgraffito gesehen, das schablonenhafte Portrait Sigmund Freuds in gesprühten Pastellfarben, Freud im blauen Anzug in lässiger Haltung mit einer Zigarre in der linken Hand. Dienstags und sonntags dehnen sich meine Gänge bis hin zur Bastille und zum Markt auf dem Boulevard Richard-Lenoir, wo ich mir meist ein paar Doraden hole, ein köstlicher und preisgünstiger Fisch, dazu noch eine Augenweide – aber von meinen Streifzügen durch die Pariser Straßen soll jetzt nicht die Rede sein, es geht um meinen Besuch in der Vorstadt. Schon seit langem, seitdem ich das Buch *Mein Jahr in der Niemandsbucht* gelesen habe, wollte ich nach Chaville fahren, und von Anfang an war dieser Wunsch von der fixen Idee begleitet: *Wenn* du nach Chaville fährst, *dann* wirst du ihn auch dort treffen; wenn ich da bin, wird auch er da sein! Dieses Bedingungsgefüge glich einer unumstößlichen Wahrheit, zumindest stand es für die Herausforderung, das Unmögliche möglich zu machen, das Schicksal zu zwingen. Eine Art magischen, kindlichen Denkens – was ich will, vorausgesetzt, ich will es mit allen Fasern meines Körpers, das wird geschehen – ließ meine Hoffnung zur Gewissheit werden, dass sich im Lauf dieses einen, auf den Straßen von Chaville zu verbringenden Tages unsere Wege kreuzen würden. (Hatte mir das Schicksal nicht schon einmal ein solches Über-den-Weg-Laufen beschert, damals, als ich Herbert Achternbusch in Stupa, einem kleinen griechischen Fischerort südlich von Kalamata, getroffen und kennengelernt hatte? Freilich mit dem Unterschied, dass ich zuvor nicht einmal im Traum daran gedacht hatte.)

Nun ist es so weit, der Tag ist gekommen, und ich stehe da mit leeren Händen, habe weder seine Adresse noch Telefonnummer. Wunderbar. Vor mir liegen die *Niemandsbucht* und ein freier Tag, dem die Aussicht auf das irgendwann (bis vierundzwanzig Uhr) stattfindende Rendezvous einen besonderen Glanz verleiht. Alles, was ich zu tun habe, ist, mich in den Straßen und Cafés von Chaville zu zeigen und so dem Schicksal die Möglichkeit einzuräumen, ein Treffen zu arrangieren. Wie sagte noch Picasso? *Ich suche nicht, ich finde.* Und ich? Ich suche findend. Und doch werde ich nach meiner Ankunft zuallererst im örtlichen Telefonverzeichnis nachschauen (im vierteiligen Pariser Telefonbuch habe ich gestern nach seinem Namen geforscht, obwohl ich wusste, dass er dort nicht verzeichnet sein kann, weil Chaville, wie gesagt, ein Vorort jenseits der Périphérique ist und zum Pariser Stadtgebiet nur das gehört, was innerhalb der Stadtautobahn liegt), aber das wird wohl aussichtslos sein, denn er ist ein berühmter Mann, und berühmte Männer haben meistens eine Geheimnummer. Ob er ein Mobiltelefon hat? Einen Anrufbeantworter? Ob auf dem Anrufbeantworter die Stimme seiner halbwüchsigen Tochter zu hören ist: Nous sommes pas chez nous, mais vous pouvez laisser un message. Merci. Ob er noch mit dieser Schauspielerin liiert ist? – Wenn ich meine Gedanken laufen lasse, werden sie geschwätzig, geben ihm eine Tochter an die Hand, verschaffen ihm eine neue Geliebte, bestellen das Aufgebot, statten ihn mit diesem und jenem Charakterzug aus. Ich stelle ihn mir als höflichen, zurückhaltenden, jedoch launischen Menschen vor, der zwischendurch auch mal recht aufbrausend sein kann, wie in jener Diskussion, in der er nach einer Aufführung eines seiner Theaterstücke, Angriffen aus dem Publikum ausgesetzt, fortwährend, wie ein trotziger Junge, der Kieselsteine vor sich her tritt, mit dem Zeigefinger gegen das Mikrofon schnippte. Aber sein lange Jahre währendes Ringen um Gelassenheit, das zwischen den Zeilen seiner Bücher immer wieder aufscheint, seine vielen Wanderungen durch die verschiedensten Weltgegenden, werden inzwischen wohl Früchte getragen und seine Grundwut, von der er einmal gesprochen hat, besänftigt haben. Apropos Früchte, wenn ich ihn mir als Pflanze vorstelle, dann als Brombeere, unzugänglich, aber wohlschmeckend, nein, besser: als Holunder. Bei dieser Pflanze vollzieht sich die Verwandlung von der Blüte zur Frucht subtiler als beispielsweise beim Obst, es findet weniger ein Gestalt- als ein Farb- und Haltungswechsel statt: von der sich der Sonne entgegenstreckenden, wie aus feinsten Spitzen gewebten, weißen Blütendolde hin zu einer schweren, unter dem Gewicht der Beeren herabhängenden, dem Boden zugekehrten schwarzen Beerendolde.

Angenommen, ich käme auf irgendeinem verschlungenen Weg in den Besitz seiner Telefonnummer, würde ich ihn dann anrufen? Ich sehe mich in einer Telefonzelle unzählige Male zum Hörer greifen und beim ersten Freizeichen wieder einhängen. Das Herz schlägt mir bis zum Hals, und die Scheiben der Telefonzelle sind beschlagen. Immer wieder spreche ich den Satz, den ich mir zurechtgelegt habe, vor mich hin, und mit jedem Mal hört er sich hölzerner und blöder an.

Würde er sich mit seinem Namen melden? Ich denke nicht. Zum einen ist das in Frankreich nicht üblich, hier sagt man nur „allo“ oder „oui“, zum anderen ist er nicht der Mann, der diese fest umrissene Identität in sich trägt, die dazu befähigt, seinen Namen klangvoll in die Leitung zu stellen, auch nicht nach all den Jahren und den vielen, ihm zugedachten Preisen. Die Annehmlichkeiten eines soliden und anständig bekleideten Ich-Gefühls (wie es einmal eine Kritikerin treffend im Zusammenhang mit den Autobiografien zweier Großschriftsteller formuliert hat), ein festes Auftreten und ein klares Urteil sind ihm ein Gräuel, nein, er ist ein Zweifler geblieben, ein Zauderer, dem das Frage- näher als das Ausrufezeichen ist.

Im August sind die Pariser in Urlaub und die Straßen leer, und es ist eine Lust, mit dem Wagen durch Paris zu fahren. Man hat die ganze Straßenbreite zur Verfügung. Ich gleite durch die Stadt Richtung Porte de Saint-Cloud, dort reißt das Stadtgebiet auf, und als ich die Pont de Sèvres überquere, bin ich von nichts als Weite umgeben. Der Rand des Pariser Beckens ist zu erkennen, wie es unmittelbar hinter dem Seine-Ufer leicht ansteigt zu bewaldeten Hügeln, die Kastanien schon herbstlich gefärbt. Jenseits des Flusses, neben dem mächtigen Gebäude des Keramikmuseums, die Andeutung eines Taleinschnitts, in den die Straße mündet, dann geht es leicht bergan in Schlangenlinien durch Sèvres mit seiner für die Pariser Vorstädte typischen Mischung aus zehnstöckigen Apartmentgebäuden und Einfamilienhäusern. Die ersten Hinweisschilder nach Chaville, Viroflay und Versailles tauchen auf, die Ortschaften ineinander übergehend, wie schon auf der Karte erkennbar, schließlich das Ortseingangsschild: CHAVILLE. Noch immer führt die Straße bergauf, die Bebauung wird niedriger, ein letztes Mal ein hohes Gebäude auf der linken Seite, das Hotel Campanile, dann Monoprix, Markthalle, Kirche und gegenüber die Post.

Ein junger Mann, der stumm eine Zeitschrift vor der Brust hält, öffnet mir die Türe. Am Schalter bekomme ich das Telefonbuch für die Region ausgehändigt. Hoffentlich steht Handke nicht drin. Nein, sein Name ist nicht verzeichnet. Mir fällt ein Stein vom Herzen. Wieder öffnet der freundliche junge Mann die Tür. Zögernd verlasse ich das Postgebäude, da draußen ist Chaville, Handke und Chaville, die Stecknadel und der Heuhaufen. Kaum dass ich die Schwelle überschritten habe, verlässt mich der Mut, meine Gewissheit beginnt zu verblassen. Ich spüre die Blicke des jungen Mannes im Rücken und überlege, was zu tun ist. Eigentlich nichts, wenn doch schon die Götter beschlossen haben, dass wir uns treffen werden. Eher stellt sich die Frage, ob ich diesem Treffen überhaupt noch entgehen kann? Folglich sollte es genügen, mich in ein Café zu setzen und den Dingen ihren Lauf zu lassen. Aber die Hände in den Schoß legen, ist nicht meine Art. So, wie ich das Schicksal kenne, will es, wenn es tätig werden soll, dazu eingeladen werden, ich sollte also ein wenig Eigeninitiative zeigen. Und war nicht die Vorstellung, die als erste auftauchte, wenn ich in den letzten Jahren an einen Besuch in Chaville dachte, die folgende: In Chaville angekommen, reibe ich mir die Hände voller Tatendrang. Der Weg, der mich zu ihm führt, wird vielleicht mühevoll und langwierig sein, doch ich werde alle Hindernisse überwinden und das Unmögliche möglich machen. Das Unmögliche möglich machen, das war doch seit je dein Leitspruch! Und auch diesmal verfehlt er seine Wirkung nicht und stachelt mich an zu einer Mischung aus Tatendrang und Gottvertrauen. Erst einmal werde ich mich mit dem Ort vertraut machen, die Hauptstraße, die Avenue Roger-Salengro, entlangspazieren und dann weitersehen. Also: vorbei am Commissariat de Police, das der Markthalle und der Église Notre-Dame-de-Lourdes gegenüberliegt. Ein merkwürdiges Ensemble, Markthalle und Kirche, die Halle eigentlich ein langweiliger Bau, wenn da nicht der über den First ragende, an ein überdimensionales Regal erinnernde Vorbau wäre: vier rechteckige, orangefarben angestrichene Pfeiler, auf denen ein brettähnliches Dach liegt und zwischen denen drei regalähnliche Gefache liegen, die beiden äußeren durch Glasbausteine verschlossen, im mittleren eine Uhr, darunter die Aufschrift: *Ville de Chaville, Marche.* Unmittelbar daneben dann die Kirche mit ihrem hohen, spitz zulaufenden Turm, als wolle sie dem eher in die Breite weisenden Markthallenvorbau ein Gegenteil sein. Auch die Tatsache, dass zwei völlig verschiedene Lebensbereiche, das Markt- und das gottesdienstliche Treiben, und zwei ganz unterschiedliche Berufe, der des Marketenders und der des Priesters, einander nahe gerückt sind, mag zu der Auffälligkeit des Ensembles beitragen.

Weiter! Meine Augen sind überall, blicken in jedes Auto, kein Passant, auch nicht auf dem gegenüberliegenden

Trottoir, entgeht ihnen. Rechts liegt das Rathaus auf einer Anhöhe in einer großzügigen Gartenanlage, mittags geschlossen, ab dreizehn Uhr dreißig wieder geöffnet. Ich gelange an eine Kreuzung, geradeaus geht es nach Versailles, rechts führt eine schmale Straße, so steht es auf einem Schild, zur Église arménienne, links geht es nach Meudon. In welche Richtung soll ich mich wenden? Ein Zentrum scheint es nicht zu geben. Die Ampel springt auf Grün. Eine Frau schiebt einen Kinderwagen über die Straße. Warum nicht ihr folgen und weiter die Hauptstraße entlanggehen? Auf der anderen Straßenseite taucht ein Schild auf: *Les Couleurs du Monde,* klingt nach Künstlerbedarf, aber beim Näherkommen stellt es sich als normales Farbengeschäft heraus, mit gestapelten Plastikeimern voller Wandfarbe im Schaufenster. Einige Meter weiter ein Buch- und Zeitschriftenladen, ebenfalls mittags geschlossen, um drei wieder geöffnet, hier könnte Handke seine Zeitungen kaufen. Die neueste Ausgabe der ZEIT liegt im Schaufenster, ein Artikel über Günter Grass auf der ersten Seite mit dem Titel: „Und Grass wundert sich". Es geht um seine nach sechzig Jahren erstmals in der Öffentlichkeit eingestandene Mitgliedschaft in der Waffen-SS, die einen Sturm der Entrüstung im feuilletonistischen Blätterwald entfacht hat. Da setzt ein Mann, etwa dreißig Meter vor mir, augenscheinlich vor seiner Haustüre, zwei Plastikkanister Quellwasser ab, er trägt einen kleinen Rucksack auf dem Rücken, den könnte ich fragen, ob er Peter Handke kenne. Als ich auf seiner Höhe bin, wendet er mir sein Gesicht zu, nein, ich habe mich geirrt, er ist nicht der literarisch interessierte Typ ..., und doch! Ein Anfang muss gemacht werden! Kehre um! Ich erwische ihn noch in der Tür:

Connaissez-vous par hasard l'écrivain Peter Handke?

Non, non, sagt er, zunächst in seinem Rückwärts-in-die-Tür-Gehen innehaltend, sie dann aber mit dem

Rücken kräftig aufstoßend, um schnell hinter ihr zu verschwinden.

Merci, sage ich, und das Wort prallt von der ins Schloss fallenden Tür ab. Wenigstens ist mir die Frage über die Lippen gekommen.

In Richtung Versailles macht die Straße eine Rechtskurve, in der zwei allein stehende Häuser aufragen. Wie vom Himmel gefallen wirken sie, das zweistöckige mit dem indischen Restaurant im Parterre, und das alle anderen Häuser überragende fünfstöckige, auf dessen Brandmauer oberhalb des kleineren Hauses in schwarzen, kaum noch lesbaren Buchstaben steht: *Pâtisserie, Boulangerie, Biscottes fraîche, Glaces.* Tatsächlich befindet sich im Parterre immer noch eine Bäckerei.

Einige Meter davor, an der Einmündung der ersten der zwei Nebenstraßen, die die beiden Häuser flankieren, liegt eine Brasserie, vor der zwei rechteckige Stühle mit braunem Kunstleder und ein Tisch stehen, wie ausgestellt wirken sie, wie zum Gespräch unter vier Augen einladend. Ein strategisch günstiger Platz, man hat die gesamte Straße im Blick, Richtung Sèvres und Richtung Viroflay, vielleicht auf Dauer ein wenig kühl bei dem Aprilwetter, doch ich werde nicht lange bleiben, nur kurz die Augen ausruhen lassen und dem Schicksal eine Möglichkeit der Zusammenführung einräumen. Ich bestelle am Tresen einen Kaffee, den ich, von den erstaunten Blicken der Gäste begleitet, mit nach draußen nehme. Niemand sonst käme auf die Idee, sich bei dieser Witterung ins Freie zu setzen. Ich lasse den Zucker aus dem zylinderförmigen Tütchen in den Kaffee rieseln, rühre kurz um und leere die kleine Tasse in einem Zug. Das also ist Chaville: eine Hauptstraße mit mehreren Seitenstraßen. Es ist wenig Verkehr, gerade hält ein Auto vor der Brasserie, ein alter Mann steigt aus.

Es ist windig. Die Platanen rauschen. Auf der gegenüberliegenden Verkehrsinsel ein im Wind zitterndes Schild mit einer Uhr, daneben das Wappen von Chaville. Wieder hält ein Wagen an, eine junge Frau steigt aus. Dunkle Wolken ziehen auf, nicht lange und es wird den ersten Schauer geben. Jetzt erst fallen mir die futuristisch anmutenden, an Mikadostäbe erinnernden Straßenlaternen auf. Der eine, sozusagen der Trägerstab, leicht gebogen, spitz in den Himmel ragend, der andere, an dessen über die Straße schwingendem Ende eine Lampe angebracht ist, den Trägerstab im unteren Drittel kreuzend. Ein älterer Mann nähert sich meinem Platz.

Pardon Monsieur, kennen Sie zufällig den ..., weiter komme ich nicht, denn er geht ohne rechts noch links zu blicken vorbei.

Ein Spatz kommt in den Rinnstein geflogen und beäugt mich.

Waren Sie schon einmal in der Teestube der Pariser Moschee?

Schon lange nicht mehr, antwortet mein geistiger Begleiter.

Dort können Sie Spatzen aus nächster Nähe betrachten, ich nehme an, sie gehören zu Ihren Lieblingsvögeln, da Sie sie in Ihrem letzten Buch *Gestern unterwegs* so oft erwähnen. Diese Teestubenspatzen sitzen zu dritt oder viert auf der großen orientalischen Messinglampe, fliegen zu sechst und siebt im Raum herum, trennen sich mitunter, einige fliegen durch ein Fenster nach draußen in den Hof, einige durch ein schmiedeeisernes Gitter in den anliegenden Raum. Diese Teestube gehört zu den Zielen in Paris, die ich immer wieder aufsuche. Ein anderer Ort in Paris, den ich aufgrund Ihrer Beschreibung, ich glaube, sie stand in *Als das Wünschen noch geholfen hat,* vor Jahrzehnten aufgesucht habe, ist das Hochhausviertel La Défense. Es war damals noch in Bau, aber man konnte die Höhe der Häuser schon erahnen. Einige Jahre später kam ich ein zweites Mal in das Viertel und besuchte dort eine Diskothek, die sich in einem der Hochhäuser befand. Weit nach Mitternacht verließ ich sie durch einen Notausgang und stand plötzlich, ohne Vorwarnung, auf dem menschenleeren, von Hochhäusern umgebenen Parvis de la Défense. Seine Weite verschlägt einem den Atem, seine Abmessungen sind ungeheuerlich, entlang seiner Fluchtlinien reift die Stille der kosmischen Dimensionen. Hier ist die Perspektive erfunden worden, hier mischen sich die aufblinkenden roten Warnlichter unter die Sterne und ragen die Hochhäuser ins nächste Jahrtausend, während die Fundamente noch in vergangenen Jahrhunderten wurzeln.

Es ist kalt, sagt Handke, steht auf und entfernt sich. Ich nehme die *Niemandsbucht* aus meinem Rucksack, in dem sich sonst nur noch mein Notizbuch befindet. Ich habe den kleinen Rucksack deshalb gewählt, weil ich bei meinen Erkundungsgängen nichts tragen möchte und meine Beweglichkeit uneingeschränkt bleiben soll. Die *Niemandsbucht* ist kein Taschenbuch, das man bequem in einer Manteltasche unterbringen könnte, sondern sie liegt mit ihren über tausend Seiten schwer wie ein Backstein in der Hand. Ich lege das Buch auf den Tisch, überlege, ob es geschlossen oder geöffnet seine größte Kraft entfaltet, und entscheide mich, es aufzuschlagen. So kann der Wind in ihm lesen und die Worte, ähnlich wie er die auf tibetische Gebetsfahnen gedruckten Gebete zum Himmel trägt, hin zu ihrem Autor tragen: Mit einem Mal gewahrt er ein Wispern in der Luft, die Worte kommen ihm bekannt vor, hat er sie nicht schon irgendwo einmal gehört oder gar selber geschrieben? Er beginnt ihnen durch die Straßen von Chaville zu folgen – ähnlich wie Grenouille, der Held aus dem Roman *Das Parfum*, dem Geruch einer jungen Frau durch die Straßen von Paris folgt – bis zur Brasserie, vor der ich jetzt sitze und, da sich der Wind gelegt hat, die erste Seite aufschlage und leise, Wort für Wort, den Text vor mich hin zu sprechen beginne:

Einmal in meinem Leben habe ich bis jetzt die Verwandlung erfahren. Diese war mir davor ein bloßes Wort gewesen, und als sie damals anfing, nicht gemächlich, sondern mit einem Schlag, hielt ich sie zunächst für mein Ende. Sie traf mich als Todesurteil. Plötzlich fand sich an meiner Stelle kein Mensch mehr, statt dessen ein Auswurf, für den es, im Unterschied zu der bekannten Alt-Prager Groteske, nicht einmal die Flucht in die wenn auch noch so schrecklichen Bilder gab. Die Verwandlung kam über mich ohne ein Bild, als ein einziges Würgen. Zu einem Teil erstarrte ich. Zum anderen Teil tat ich mit meinem Tag weiter, als ob nichts wäre. So sah ich einmal einen Passanten, von einem Auto in die Luft geschleudert, jenseits des Kühlers auf beiden Füßen landen und mir nichts, dir nichts weitergehen, wenigstens für ein paar Schritte. So hielt einst mein Sohn, als seine Mutter bei Tisch zusammenbrach, gerade bloß für den Moment im Essen inne und kaute nach dem Abtransport des Körpers allein an der Tafel weiter, bis sein Teller leer war. Und ebenso ich, als ich im letzten Sommer von der Leiter fiel: Sofort stieg ich wieder hinauf, oder versuchte es. Und ebenso wieder ich selber noch vorgestern: Nachdem die zurückspringende Messerklinge, in einem tiefen Schnitt, der mich kurz alle Fleischschichten bis auf den Knochen sehen ließ, mir fast den Schreibfinger abgetrennt hatte, putzte ich, während ich die Hand, auf das Blut wartend, in den Wasserstrahl hielt, mit der anderen sorgsam die Zähne.

Welch ein Buchanfang! Ich bleibe noch eine Weile sitzen. Dann bringe ich meine Tasse zurück.

Dafür, dass Sie die Tasse zurückbringen, berechne ich Ihnen nur den Preis des Comptoirs, sagt der Wirt, als ich die Tasse auf den Tresen stelle. Ich bedanke mich mit einem Kopfnicken, wende mich schon zum Gehen, frage aber dann noch einmal beiläufig:

Kennen Sie zufällig den Schriftsteller Peter Handke ...?

Wen? Er beugt sich über den Tresen.

Den Schriftsteller Peter Andke.

Ich spreche den Namen französisch aus.

Ein Holländer ...?

Nein, ein Österreicher. Er wohnt hier in Chaville.

Einen Augenblick.

Der Wirt wendet sich den anderen Gästen am Tresen zu, und sogleich kommt ein großes Durcheinandergerede in Gang.

Wie heißt er?, fragt ein kleiner älterer Mann mit südfranzösisch zerfurchtem Gesicht und Schnauzbart.

Handke. Er wohnt hier in Chaville, aber ich kenne seine Adresse nicht.

Allgemeines Kopfschütteln.

Ich kenne einen, der wohnt da oben in der Residenz, sagt ein anderer mit blauen Augen, blondem, leicht gekräuseltem Haar und klarem Gesicht. In seiner makellosen blauen Hose und seinem breiten Gürtel, an dem akkurat eine Mobiltelefontasche und ein Schlüsselbund hängen, wirkt er wie ein Flic außer Dienst.

Ah, der Spion, ja, der wohnt da oben.

Spion?

Er war Spion im Zweiten Weltkrieg.

Ja, der Spion, pflichtet ein anderer bei, der wohnt da oben.

Wie heißt die Straße?

Rue de Coteau, coteau wie „couteau“ (Messer) am Ende.

Um ihnen das Gefühl zu geben, ihre Bemühungen seien nicht umsonst, schreibe ich mir den Namen der Straße auf und verlasse die Brasserie. Nach wenigen Metern bleibe ich abrupt stehen, einem Spürhund gleich, der seine Fährte verloren hat und nun, die rechte Pfote angehoben, wahllos in der Luft herumschnuppert. Wieder dieses Nicht-Wissen-Wohin. Ein seltsamer, ein seltener Zustand. Nicht unangenehm. Nicht zu verwechseln mit Ziellosigkeit. Ein Innehalten, ein Gewährenlassen, ein Einverständnis mit dem Still-Stand. Richtung Versailles ist der Himmel blauschwarz, Richtung Paris hellblau. Ein Auto fährt vorüber. Wieder sitzt Handke nicht drin. Wo ist er? Was treibt er? Sitzt er in seinem Garten und liest? Steht er am Grab von Jim Morrison? Liegt er an den Ufern der Drina? Steht er auf dem Hof der Schule seiner Tochter, in ein Gespräch mit einem Lehrer vertieft? Geht er durch Patagonien? Steht er vor der Kühltheke eines Einkaufszentrums? Liegt er im Wald auf Augenhöhe mit einem Steinpilz? Steht er an den Ufern des Yukon und blickt über den Fluss? Nein, heute, am 17. August 2006, ist er in Chaville, so steht es geschrieben und so ist es beschlossen, basta. Just in diesem Moment rüstet er sich für einen Waldgang, zieht die Gummistiefel an, sucht nach einer Plastiktüte für die Pilze, steckt ein Messer in die Manteltasche und verlässt das Haus (es muss in der Nähe eines Waldes liegen, denn sonst zöge er sich die Gummistiefel erst später an, um mit ihnen nicht allzu lange über den Asphalt laufen zu müssen). Er wird zwei Stunden im Wald bleiben und dann, vom Pilzesuchen so zerzaust und verschmutzt, wie er es in seinem Buch *Lucie im Wald mit den Dingsda* beschrieben hat, zurückkommen, sich umziehen und, nachdem er die Pilze geputzt hat, zu der Buch- und Zeitungshandlung, vor deren Schaufenster ich eben stand, gehen, um sich eine Zeitung zu kaufen.

Kurz bevor er den Laden erreicht, hört er jemanden seinen Namen rufen, er dreht sich um und sieht einen Mann mit einem kleinen Rucksack zögernd auf sich zukommen. Ich schaue auf die Uhr, es ist Mittag, ich sollte mich also gegen drei in der Nähe der Buchhandlung aufhalten ...

Inzwischen bin ich in der Bäckerei angelangt. Erst kurz vorher, beim Zurückschauen auf die Stelle, wo ich eben noch mit angehobener Pfote gestanden hatte, wurde mir bewusst, dass ich mich wieder in Gang gesetzt hatte. Es war also Bewegung in mir aufgekommen, die dann schließlich auf die Beine übergegriffen hatte, herbeigeführt durch ein langsames Hinneigen Richtung Bäckerei, das schließlich in ein Gehen gemündet war.

In der Bäckerei lacht mich ein Stück „Flan" an, gelb leuchtet es mir entgegen, es ist das letzte Stück, oh ja, das will ich haben. Die Kundin vor mir, eine ältere Dame, hat schon diverse Törtchen bestellt, aber es fehlt noch etwas, sie blickt suchend über die Auslage.

Und dann hätte ich noch gern den Flan, sagt sie.

Ah!, entfährt es mir weithin hörbar. Die ältere Frau dreht sich um.

Oh, Sie wollten den Flan?

Nehmen Sie ihn nur.

Nein, nein, ich kann genauso einen Jesuiten nehmen, das ist egal.

Den kann ich auch nehmen.

Nein, nein, der Flan ist für Sie.

Wir könnten ihn teilen?

Gute Idee, sagt sie, lächelt verschmitzt und weist die Bedienung an, aus dem einen Stück zwei zu machen und sie separat einzupacken.

Geht das zusammen?, fragt die Bedienung, als jeder von uns seine Geldbörse zieht, und spielt das Spiel mit.

Natürlich, sage ich.

Keineswegs, sagt die alte Dame, ich lade Sie ein, lassen Sie mir das Vergnügen.

Ich lasse ihr das Vergnügen.

Das ist mir noch nie passiert, sagt sie kopfschüttelnd, als wir zusammen die Bäckerei verlassen, das muss ich gleich meinen Freundinnen erzählen.

Ich habe noch eine Frage, sage ich, wo ist der Bahnhof?

Welchen wollen Sie, Rive Gauche, Rive Droite oder den von Chaville-Vélizy?

Den nächstgelegenen.

Die zum Bahnhof Rive Gauche führende Avenue Sully – zuerst habe ich Scully gelesen, aber warum zum Teufel sollte in diesem ruhigen unauffälligen Wohnviertel eine Straße nach Sean Scully, dem irischen Maler, benannt sein, dessen Credo lautet: *Malen ist Schmerz fressen* –, die Avenue Sully also ist von einzeln stehenden, mitunter ins Grün ihrer Gärten abgetauchten Häusern gesäumt, die alle, das ist schon zu Beginn der Straße erkennbar, ihre Eigenheiten, um nicht zu sagen, ihren eigenen Charakter haben. Insgesamt macht das Wohngebiet einen angenehm uneinheitlichen Eindruck, die meisten Gärten sind kontrolliert verwildert. Leider ist mir die *Niemandsbucht* nicht so präsent, als dass ich die darin versteckten Andeutungen auf Handkes Haus in Erinnerung hätte. In meiner vagen Vorstellung besitzt es einen Garten mit alten Bäumen, es ist weiß, nicht unbedingt groß, aber großzügig. Ich beginne mit dem ersten Haus auf der linken Seite, meine Wünschelrute im Anschlag, wechsle sofort kopfschüttelnd auf die rechte Seite – nein, es kommt nicht in Frage, ein Blick genügt –, wechsle wieder hinüber auf die linke, und beginne so ein Kreuzstichmuster über die Straße zu legen (wenn ich oben beim Bahnhof angekommen bin, ist die Straße zugenäht).

Manche Häuser scheiden von vornherein aus wegen ihrer Größe oder wegen eines offensichtlichen Verstoßes gegen den vermuteten Geschmack des Kärntner Querfeldeingehers, zum Beispiel ein englischer Rasen mit sauber abgesetzten Blumenbeeten. Vor anderen dagegen, bei denen ich zu keinem eindeutigen Ergebnis komme, verweile ich länger, betrachte eingehend Details, frage mich, ob diese Schaukel oder jene Gartenmöbel Handkes Geschmack entsprächen, ob diese verrostete Gartentür oder jene efeuüberwucherte Pergola ihm gefallen könnten. – Was ist mit den Klingelschildern? Fraglich, ob ich den Klingelknopf drücken würde, wenn ich plötzlich seinen Namen läse. Abgesehen davon werde ich nicht in diese Verlegenheit kommen: Da sein Name nicht im Telefonbuch steht, wird er auch nicht auf einem Klingelschild zu finden sein. Erst nach seinem Tod wird seine Adresse veröffentlicht werden, und zwar auf einer Postkarte, wie sie bei den Bouquinisten gegenüber der Cité des Arts von Miller, Céline, Dalí, Picasso, Beckett, Hemingway, Proust, Claudel, und wie die großen Geister alle heißen, zu finden sind: links oben ein Portraitfoto des Künstlers in schwarzweiß, daneben die Abbildung des Hauses, in dem sie/er während ihrer Pariser Zeit gelebt hat.

Der Bahnhof ist ein hässliches, halbrundes, modernistisches Betongebäude, das nichts als eine Schalterhalle und eine breite, zu den Gleisen führende Treppe beherbergt. Ich setze mich auf eine Bank dem Fahrkartenschalter gegenüber, über dem in großen, blauen, erhabenen Buchstaben BILLETS steht, und werde eine Weile warten, vielleicht betritt er ja bald die Schalterhalle und löst einen Fahrschein nach Paris, um ins Kino zu gehen – in diesem Fall wäre er nicht gegen drei an der Buchhandlung – nein, er wird nicht ins Kino gehen, beschließe ich. Eigentlich hatte ich mir das Warten anders vorgestellt (in meinen Tagträumen der letzten Jahre), nämlich als einziger Gast in einer guten alten Bahnhofsgaststätte mit vergilbten Gardinen, knarrenden Dielen und einer Zeit, die stillsteht. Irgendwann würde Handke den Raum betreten und am Tresen noch einen Espresso trinken, bevor er nach Paris führe. Ich heftete mich an seine Fersen, setzte mich ihm gegenüber in die Vorortbahn, musterte ihn verstohlen aus dem Augenwinkel, überlegte nicht, wie ich ihn ansprechen könnte, sondern umgekehrt, was geschehen müsste, damit er mich anspräche. Was könnte sein Interesse wecken? Notizen machen mit unsichtbarer Tinte? Ein vorgetäuschter Herzanfall? Wie ein Kind meinen Atem ans Fenster hauchen und mit dem Finger ins Gehauchte schreiben? „Guten Tag, Herr Handke, wie geht es Ihnen?", schreibe ich ins Gehauchte. Ein Lächeln huscht über sein Gesicht und dann, ohne zu zögern, nimmt er das Spiel auf, haucht ebenfalls ans Fenster und schreibt: „Ich gehe gut." – Aber jetzt ist Sommer, fällt mir ein, da beschlagen die Scheiben nicht, da kannst du hauchen, bis du schwarz wirst. Nun gut, irgendetwas wird mir schon eingefallen sein, jedenfalls kommen wir ins Gespräch:

Im Moment gibt es eine Retrospektive von Godard im Centre Pompidou, sagt er, heute läuft *Le Mépris.*

Die Verachtung, sage ich, einer meiner Lieblingsfilme, nicht nur weil BB und Piccoli mitspielen und dieser amerikanische Schauspieler, wie heißt er noch gleich, irgendetwas mit ... es liegt mir auf der Zunge, sagt Handke, er hat so ein merkwürdiges Gesicht, erinnert an Pasolini ..., diese hohen Backenknochen ..., mein Gott, wie heißt er denn gleich ...?

Ich erinnere mich an einen Gefängnisfilm, da hat er einen Ausbrecher gespielt, sage ich.

Der Vorname ist Vincent oder so ähnlich, ich komm noch drauf, sagt Handke.

Waren Sie schon mal auf Capri, in dem Haus, in dem der Film spielt, auf der Felszunge, mit der langen Treppe, die auf das Flachdach führt?

Sie meinen die Casa Malaparte, das muss Anfang der siebziger Jahre gewesen sein, ich war mit Wenders dort, wir haben einen Film vorbereitet ..., war es *Falsche Bewegung?*, nein, war es nicht, jetzt weiß ich schon nicht mal mehr die Titel meiner eigenen Filme, so viele sind es doch gar nicht.

Er lässt ein ungeduldiges Knurren hören. Schließlich fährt der Zug in den Bahnhof Montparnasse ein.

JACK PALANCE!, bricht es plötzlich in erheblicher Lautstärke aus ihm hervor, noch einmal Glück gehabt.

Glück gehabt?

Weil ich mir gesagt habe: Wenn dir dieser amerikanische Schauspieler nicht bis zum Gare Montparnasse eingefallen ist, dann ...

Die letzten Worte sind unverständlich, da eine Lautsprecheransage seine Stimme übertönt.

Ein Herr im dunkelblauen Anzug, der in Begleitung eines jungen Mannes, vielleicht seines Sohnes, soeben seinen Koffer neben dem Schalter abgestellt hat, kauft ein Billet. Während ich ihn im Augenwinkel behalte, studiere ich gleichzeitig ein Plakat, auf dem unter der Überschrift *Ne les oubliez pas* neun verschwundene Kinder abgebildet sind.

Yannis Mord, geboren am 13. Mai 1986,
verschwunden
am 2. Mai 1989 in Gansgabie,
Natalie Mazot, geboren am 9. März 1968,
verschwunden
am 6. November 1982 in Lyon
Stephane Hirson, geboren am 15. Februar 1976,

verschwunden
am 9. Februar 1994 in Cagny
Marion Wagon, geboren am 3. August 1976,
verschwunden
am 14. November 1996 in Agen
Denise Pipitone ...

Der Herr tritt vom Schalter zurück, und ich gehe auf ihn zu: Kennen Sie zufällig den Schriftsteller Peter Handke?

Non, je suis désolé (ich bin betrübt), sagt er lächelnd. Und *ich* bin enttäuscht. Das hätte ich nicht erwartet, nicht von ihm, dem Anzugträger mit den feinen Gesichtszügen.

Er wohnt hier in Chaville, füge ich mit fast ärgerlichem Unterton hinzu. Und wieder diese von einem höflichen Lächeln begleitete Abfuhr: Ich bin betrübt. Wie ist es möglich, dass er ihn nicht kennt!? Entrüstet nehme ich die *Niemandsbucht* aus meinem Rucksack, schlage sie auf, nehme die erstbeste Passage und lese sie dem Herrn, der inzwischen in Begleitung seines Koffer tragenden Sohnes die Treppe hinauf zum Bahnsteig geht, hinterher:

Im Kummer und in der Entzweitheit, im Widersinn war ich zu Hause. Die Katastrophe mit den mir zugehörigen Menschen, das war mein Ort. Wenn ich in der Freude umdüstert wirkte, unzugänglich, und anderen damit Angst machte, so war es im Schmerz, in der Hilflosigkeit, im Verzweifeln, daß ich meinerseits zu leuchten begann und rundum das Vertrauen anzog. (...) Ich glaubte damals, nicht anders als jetzt, jedem müßten über dieselben Dinge die Augen und Ohren aufgehen wie mir, und so lud ich anfangs gelegentlich den und jenen aus der Metropole, dem ich einen Sinn für Orte zutraute, ein, mit über die Ränder zu pilgern. Entweder wurde das gleich nicht ernst genommen, oder bei dem gemeinsamen Unterwegssein stellte sich dann kaum etwas ein, was mit der eigentümlichen Gegend zu tun hatte (...) und dann erschienen die meisten, nicht nur die eingefleischten Stadtleute, nach höchstens einem kurzen Aufmerken, nicht mehr bei der Sache, mit den Gedanken woanders, und auch was sie redeten, handelte weder von der Landschaft, die wir miteinander durchkreuzten, noch wurde es im geringsten von dieser bestimmt, geleitet, beflügelt.

Keine Angst, Herr Handke, ein solcher Mitgeher werde ich nicht sein, sollte ich mich je mit Ihnen zu einem Spaziergang verabreden. Und dann stockt mein Herz. Wie aus dem Nichts lodert ein Zweifel auf. Sollte ich ihn wirklich kennenlernen? Was ist, wenn er überhaupt nicht meinen Vorstellungen entspricht? Sollte ich nicht die Suche aufgeben und nach Paris zurückkehren? Genügt es nicht, ihn da draußen in der Welt zu wissen? Genügt es nicht, wenn er in meinem Pantheon der großen Einzelgänger seinen festen Platz hat?

Was wäre eigentlich damit gewonnen, wenn ich aus Ihrem Pantheon herausträte und zu Fleisch und Blut würde?, fragt Handke, der bald den Wald von Meudon erreicht hat. Seine Gummistiefel machen ein flappendes Geräusch auf dem Asphalt.

Was wäre, wenn meine geschriebenen Worte tatsächlich eine Stimme bekämen und diese Gänge, die in der *Niemandsbucht* beschrieben sind, einen tatsächlichen Gänger?

Nichts Geringeres als der Verlust der Illusion, sage ich nachdrücklich, denn liegt der Sinn des Lebens nicht darin, sich der Krückstöcke, die sie zur Verfügung stellt, zu entledigen?

Handke schüttelt den Kopf in heftigem Widerspruch:

Die Illusionen sind das Stärkste, was wir haben, sie treiben uns an, sie halten uns am Leben.

Mag sein, gebe ich zu, aber sind Sie nicht auch der Ansicht, dass das Rad aus Hoffnung und Enttäuschung doch einmal aufhören sollte, sich zu drehen, spätestens auf dem Totenbett, wenn man, nackt und bloß, den Blick ins große Dunkel richtet?

Handke antwortet nicht mehr. Er ist im Wald verschwunden. Ich will diese Gedanken notieren, da versagt mein Kugelschreiber. Der Schalterbeamte meint, er habe nur einen einzigen Stift, er sei betrübt. Gegenüber im Hotel an der Unterführung, einem armseligen zweistöckigen Bau, aufgemöbelt mit einzelnen grünen Markisen über den Fenstern, die, wenn sie rot wären, einen Puff vermuten ließen, wird vielleicht jemand einen Kugelschreiber haben. Eine ältere Frau mit grobem Gesicht und Strickpullover steht hinter dem verrauchten Ausschank. Auf meine Frage nimmt sie einen Kugelschreiber aus ihrer Sammlung neben dem Eintauchbecken, probiert ihn aus, aber er schreibt nicht, dann einen weiteren, der schreibt auch nicht, und schließlich einen dritten, der endlich die gewünschten Kringel auf das Papier macht und mit dem Namen des Hotels bedruckt ist, La Rive Gauche (face à la gare) Spécialité COUSCOUS. Als ich ihr etwas Kleingeld anbieten will, lehnt sie entrüstet ab. Durch ihre Hilfsbereitschaft ermuntert, stelle ich meine Frage nach dem österreichischen Schriftsteller, nur der Vollständigkeit halber, denn natürlich weiß ich schon um ihre abschlägige Antwort. Auch der einzige Gast, der am Tresen sitzt, schüttelt den Kopf. Nein, kenne ich nicht.

In einem Schaukasten vor dem Bahnhof hängt ein Stadtplan, aus dem hervorgeht, dass Chaville von zwei Waldgebieten gesäumt ist, im Nordwesten vom Forêt de Fausses-Reposes (Wald der falschen Rast, der falschen Ruhepausen?), im Südosten vom Forêt de Meudon (Wald von Meudon), durch dessen Unterholz sich Handke gerade schlägt.

Glauben Sie, dass ein schlechter Mensch ein guter Künstler sein kann?, frage ich ihn.

Es wäre schön, wenn Kunst aus einer Menschenfreundlichkeit, aus einer Hinwendung zum Menschen entstünde, antwortet er nach längerem Überlegen, einen kleinen grauen Pilz am dünnen Stiel zwischen Daumen und Zeigefinger zwirbelnd. Dann schaut er hinauf zu den Baumkronen, wo gerade zwei Wildtauben davonflattern.

Meine Arbeit, könnte man sagen, besteht darin zuzuschauen, Zuschauen als Aktivität, die die Zugeschauten ..., kann man das sagen?, also, die, denen ich zuschaue, auf den Sprung bringt ...

Hm, mache ich und wiege den Kopf hin und her, während ich in der Avenue de Torcy vor einem durch Erker und Vorbauten verwinkelten Haus Halt mache, dessen Mauerwerk aus braunen, an Lava erinnernden Steinen besteht, die Fenster und Kanten sind dagegen mit einem hellen glatten Stein eingefasst – das könnte es sein! Von alten Bäumen fast eingeschlossen und der Zeit entrückt, weist der Garten das Maß an Verwilderung auf, das ich Handke zutraue, ebenfalls das Maß an Unordnung – Gerätschaften stehen herum, verwitterte Gartenstühle. Die Stufen zum Gartentor sind von Kiefernnadeln bedeckt, schon lange scheint niemand mehr darüber gegangen zu sein. Auf der mannshohen Mauer verläuft eine Balustrade (das Maß an Luxus, das Handke gefallen könnte), teilweise überwuchert von einem Rankengewächs. Während ich vergeblich nach einem Klingel- oder Namensschild suche, fällt mir das Schild ein, das Henry Miller kurz vor seinem Tod an seiner Haustür am Ocampo Drive in Pacific Palisades befestigt hatte, ein Schild, dessen Wortlaut in seiner Eindringlichkeit sicherlich seinen Zweck besser erfüllt hat als der Hinweis auf einen bissigen Hund:

Wenn ein Mensch alt geworden ist und seine Mission erfüllt hat, dann hat er ein Recht, sich in Frieden mit der Vorstellung des Todes vertraut zu machen. Er braucht seine Mitmenschen nicht mehr, er kennt sie bereits und hat genug von ihnen gesehen. Was er braucht, ist Frieden. Es gehört sich nicht, solch einen Mann heimzusuchen, ihn mit Geschwätz zu plagen und Banalitäten erdulden zu lassen. Man sollte an der Tür dieses Hauses vorübergehen, als lebte niemand darin.

Vielleicht hat Handke ein ähnliches Schild aufgestellt, um lästige Besucher fernzuhalten. Aber dann enthielte es wohl keinen Hinweis auf das Ende seiner Mission, er wird schließlich dieses Jahr erst vierundsechzig und ist körperlich noch gut beieinander – er sei immer vorneweg gelaufen, behauptete einer der Übersetzer, die Handke im letzten Sommer zu einer Wanderung in die Sierra de Gredos eingeladen hat, und von der ich zu meinem Erstaunen in einer Illustrierten im Wartezimmer eines Arztes las –, sondern es stünde etwa Folgendes darauf:

Wenn ein Mann ein Schriftsteller ist, dann hat er nichts zu sagen, sondern zu schreiben. Beim Schreiben ist ihm die Abgeschiedenheit und das Alleinsein ein elementares Bedürfnis. Statt ihn, der nichts zu sagen hat, mit Geschwätz zu plagen, sollte man seine Bücher lesen und an diesem Haus vorbeigehen, ohne es eines Blickes zu würdigen.

Neben der Treppe befindet sich ein Postkasten, in dem einige Briefe lagern. Nachdem ich mich vergewissert habe, dass niemand in der Nähe ist, versuche ich sie mit den Fingern durch den Schlitz hindurch zu angeln, zwinge fast die ganze Hand mit hinein, so dass die Knöchel rot anlaufen, doch die Fingerkuppen berühren gerade die Kanten der Kuverts.

Da kommt auf der anderen Straßenseite einer des Weges, der dem Schauspieler Depardieu wie aus dem Gesicht geschnitten ist, nicht ganz so beleibt, dafür etwas abgerissener in der Kleidung. Meine Frage trifft ihn, als er auf gleicher Höhe ist, bewirkt aber nur eine geringfügige Verlangsamung seiner Schritte, nicht mal ein Herüberschauen.

Ja, ich habe den Namen schon gehört, die deutschen Schriftsteller haben ja im Moment jede Menge Probleme ...

Il pleut!, ruft jemand in einem Vorgarten. Ich breite die Handflächen aus. Die Tropfen sind so fein und fallen so vereinzelt, dass man nicht von Regen sprechen kann. Eine Frau kommt mit einem Regenschirm aus der Haustür, öffnet ihn, geht zu einem vor dem Eingang geparkten Wagen und schließt den Regenschirm erst, als sie halb im Auto ist. Und weiter lege ich ein Zickzackmuster über die Straße, meine Wünschelrute im Anschlag, die Häuser ziehen an mir vorüber, aber keines gleicht auch nur entfernt dem in meiner Vorstellung, weder in der Avenue de Torcy, noch in der Avenue Talamon, an deren Ende ich mich überraschend neben der Bäckerei wiederfinde. Es ist aussichtslos, vollkommen aussichtslos! Die Wünschelrute fliegt in einen Vorgarten, wo sie an einem Ast hängen bleibt. Aber die Aussichtslosigkeit ist nun mal die Schwester des Unmöglichen, und bist du nicht ausgezogen, das Unmögliche möglich zu machen? Also Geduld! Bleibe gelassen, halte deine Suche aufrecht, und er wird dich finden! Der Möglichkeiten, einander über den Weg zu laufen, sind viele, warum sollte es sich nicht so zutragen, wie Castaneda es beschrieben hat, als er, der amerikanische Anthropologe, bei Don Juan, einem alten Yaqui-Indianer, in die Lehre gehen wollte, und dieser ihm als Erstes, sozusagen als Aufnahmeprüfung, die folgende Aufgabe stellte: Vor meinem Haus gibt es einen Platz, der dein

Platz ist, nur deiner, verstehst du, den musst du finden. Du hast einen Tag Zeit. Castaneda suchte den ganzen Tag von Sonnenauf- bis Sonnenuntergang, aber vergeblich, und schlief dann in der Dunkelheit erschöpft ein, und zwar an *seinem* Platz, wie ihm Don Juan am nächsten Morgen beschied.

Das Rathaus ist in einer Villa untergebracht, die, umgeben von einem kleinen Park, auf einer begrünten Anhöhe thront. Über den weit auseinanderliegenden Fenstern im ersten Stock steht die Losung der Französischen Revolution geschrieben: Liberté, Égalité, Fraternité, jeweils ein Wort pro Fenster, die Worte also unverhältnismäßig weit voneinander entfernt und deshalb ein ungewöhnliches Bild abgebend. Im Entree sitzt eine junge Frau hinter dem Tresen, auf dem allerlei Broschüren über Chaville ausliegen.

Ich brauche einen Rat, beginne ich umständlich, Sie kennen sicher Peter Handke, den Schriftsteller, wo kann ich ihn finden?

Wir haben keine Adresse, ich bin betrübt, vor einem Monat hat schon mal jemand nach ihm gefragt. Vielleicht versuchen Sie es in der Stadtbibliothek.

Merci. Haben Sie einen Stadtplan?

Sie gibt mir einen mehrfach gefalteten Plan de Ville, erstaunlich groß für eine solch kleine Stadt. Nun kann ich die Straßen aussortieren, die allein wegen ihres Namens nicht in Frage kommen, da ist zum Beispiel eine rue des Combattants, Straße der Kämpfer (Soldaten), auf der wird Handke sicherlich kein Haus gekauft haben (obwohl er auch ein Kämpfer ist, ein Kämpfer für die Empfindsamkeit). Und dann sind dort Straßen verzeichnet, denen ich wegen ihrer ungewöhnlichen Namen meine besondere Aufmerksamkeit widmen sollte, die rue des Huit Bouteilles, Straße der acht Flaschen, oder die rue

Brisemiche (Brise mich! Mach mir Wind!) oder die Clos de la Petite Provence (Die Einfriedung der kleinen Provence), allesamt Namen, von denen ich mir vorstelle, dass sie auch in Handkes Ohr Anklang fänden. Bevor ich mich ihnen zuwende, steht jedoch erst einmal das Durchkämmen des Gebiets zwischen Hauptstraße und „Wald der falschen Ruhepausen" an: Die Avenue Curie hoch, links auf die rue Carnot, vorbei am Bahnhof Rive Droite, in seiner Hässlichkeit dem auf dem linken Ufer in nichts nachstehend, links ab auf die rue du Coteau, da ist die Residenz, wo angeblich der ehemalige Spion wohnt, vorbei am Kindergarten „Les Jacinthes", und dann sollen laut Plan vier Sackgassen mit an den Wald grenzenden Wendehämmern von der Straße abgehen. Nachdem ich jede Sackgasse in Augenschein genommen habe, komme ich zu der Überzeugung, dass Handke hier nicht wohnt, zu piefig sind die Häuser. Ich bleibe stehen und stampfe ungeduldig mit dem Fuß auf. Warum habe ich mich so schlecht vorbereitet? Warum habe ich die *Niemandsbucht* nicht noch einmal gelesen, mit besonderem Augenmerk auf die zahlreichen versteckten Hinweise bezüglich des Wohnortes, seien es die Blicke aus dem Fenster, seien es die Bäume im Garten, die darin beschrieben sind. Mit ein wenig detektivischem Gespür hätte ich sicherlich ein Phantombild des Hauses erstellen können. Aber mir ist noch nicht einmal der Gedanke daran gekommen. Stattdessen dieses kindliche magische Denken: Wenn ich da bin, ist auch er da! Bei einem Kind mag das ja noch charmant sein, aber bei einem Erwachsenen? Nichts als Größenwahn, darauf zu bestehen, dass sich an einem vorbestimmten Tag zwei bereits seit dreiundsechzig beziehungsweise fünfundfünfzig Jahren in unterschiedliche Richtungen mäandernde Lebenswege kreuzen werden.

Zutiefst ernüchtert und wieder der gewöhnlichen Daseinsschwere anheim gegeben, wandere ich zur Hauptstraße zurück, denke über den Unterschied zwischen Melancholie, Schwermut und Depression nach und komme in Sichtweite der Buchhandlung, die inzwischen geöffnet hat, zu dem Schluss, dass das Gemüt im fortgeschrittenen Alter einem Omelette gleicht, dem zu viel ‚Schaum der Tage' untergezogen ist, ein Schaum, der es nicht luftiger, sondern fester werden lässt.

Vor der Buchhandlung keine Spur von Handke. Ich schaue auf die Uhr. Es ist kurz nach drei. Ich warte einige Minuten. Ein paar Autos fahren vorüber. Handke sitzt nicht am Steuer. Es gibt Menschen, von denen man sich nicht vorstellen kann, dass sie Autofahren können. Handke gehört dazu.

Wo sind Sie?, rufe ich.

Im Wahald, schallt es heraus.

Ich habe Sie längst vor der Buchhandlung erwartet. Wollen Sie sich keine Zeitung holen?

Später. Ich bin fündig geworden zu guter Letzt. Ein Steinpilz, wenn auch ein wenig zerwurmt.

Er lehnt den Oberkörper nach hinten, massiert seinen Rücken im Bereich der Lendenwirbel, lässt kurz die Schultern kreisen und bückt sich wieder.

Im Salon de la Presse warte ich geduldig in einer Schlange von sieben Leuten, die meisten Frauen, die ein Klatschmagazin kaufen (ich bin also unter Gleichgesinnten). So erfahre ich, dass Daniel Auteuil geheiratet hat, dass Johnny Hallyday daran denkt aufzuhören, dass neue Fotos vom geheimen Leben des Serge Gainsbourg aufgetaucht sind. Als die Reihe an mir ist, richte ich, ein wenig verschämt darüber, dass ich, statt einen Kauf tätigen zu wollen, nur eine Frage stelle, das Wort an den Inhaber (seinem sicheren eloquenten Auftreten nach gehört ihm der Laden):

Kennen Sie den Schriftsteller Peter Handke?

Der Inhaber nickt.

Jetzt wollen Sie wissen, wo er wohnt, aber ich habe seine Adresse nicht. Auch wenn ich sie hätte, würde ich sie Ihnen nicht geben.

Verständlich, sage ich verständnisvoll.

Er wohnt irgendwo Richtung Wald, bei dem See, er hat dort einen Pavillon, das ist alles, was ich weiß. Er kommt ab und zu hierher. Im Moment ist er wohl eher Richtung Deutschland/Österreich unterwegs, er hat ein kleines Problem in Frankreich, eine lächerliche Sache.

Ich frage nicht weiter nach, obwohl ich gerne wüsste, worin dieses lächerliche Problem besteht, frage stattdessen, ob er von dem Theater über die Düsseldorfer Heinrich-Heine-Preisverleihung gehört habe. Ja, es sei ihm bekannt, aber hier habe es auch Theater gegeben, *Das Spiel vom Fragen* sei vom Leiter der Comédie-Française kurzerhand abgesetzt worden, wegen Handkes Teilnahme an Miloševićs Begräbnis. Aber wenig später sei dann dieser Leiter ebenfalls abgesetzt worden.

Die menschliche Komödie, sage ich achselzuckend und wechsle das Thema. Ob er ein Buch über Zidane habe, es solle ein Mitbringsel für meinen Sohn sein. Nein, es gebe keines, das ausschließlich von ihm handele, nur über die vor einem Monat zu Ende gegangene Fußball-Weltmeisterschaft.

Wieder auf der Straße, möchte ich fast die Faust in den Himmel recken: Endlich jemand, der ihn kennt! Ich komme voran. Nun ist das Gebiet eingegrenzt. Laut Stadtplan handelt es sich nur um eine Handvoll Straßen. Er hat dort einen Pavillon ..., klingt es mir in den Ohren: Was ist ein Pavillon? Eine Villa? Ein kleines Haus? Ein Gartenhaus? Wir werden sehen. Die rue Anatole France hoch, vorbei am Bahnhof Rive Gauche, dem Couscous-Hotel, rue de Jouy, links ab auf die rue du Pavé de Meudon, und dann in den Wald von Meudon, Richtung Étoile du Pavé de Meudon, wo ich den großen, weithin sichtbaren Fernmeldeturm vermute. Es hat zu regnen begonnen. Im Wald ist es schon herbstlich. Aufsteigende Nässe. Von der Straße gehen verschwiegene Waldwege ab, durch Schlagbäume abgesperrt. Da!, eine verschwommene Gestalt, ungefähr fünfzig Meter den Weg hinein, in einer Haltung, als pflücke sie etwas am Wegrand. Ich beschleunige meinen Schritt. Ja, das ist er, die schulterlangen Haare, er pflückt etwas aus dem Gebüsch ..., das ist er, obwohl die Haare etwas zu hell sind, ich werde an ihm vorbeigehen, den nicht vorhandenen Hut zum Gruß lüften, er könnte es sein, guten Tag, Herr Handke, er wird erschrocken herumfahren, noch bin ich zu weit entfernt um mir endgültig sicher zu sein ..., nein, er ist es nicht, es ist eine ältere Frau, eine Spaziergängerin, die Brombeeren pflückt. Wie habe ich mich derart täuschen können?

Am Étang de L'Ursine, einem platanenumstandenen, teilweise mit Seerosen bedeckten Weiher, lasse ich mich in der Nähe zweier Angler an einem Picknicktisch nieder. Der Regen hinterlässt Nadelstiche auf der Wasseroberfläche. Die Stille wird nur durch einzelne Worte der Angler unterbrochen. Müde sinkt mein Kopf auf meine gefalteten Hände, die rechte Wange ist dem Himmel zugewandt. Mögen die Vorbeikommenden mich für einen Betrunkenen oder Clochard halten. Du hast keine Chance, aber nutze sie! Ich habe sie nicht genutzt. Noch nicht. Ich werde wieder die Brasserie, in die ich heute Mittag eingekehrt bin, aufsuchen, um dem Schicksal eine letzte Möglichkeit zu bieten, ein Treffen zu arrangieren.

Haben Sie den Schriftsteller gefunden?, fragt mich der Wirt eine halbe Stunde später.

Nein, sage ich, er war nicht zu Hause, ich habe geklingelt, aber niemand hat aufgemacht.

Als ich den Kaffee wieder mit nach draußen nehmen will, sagt er:

Es wird regnen.

Ich bin nicht aus Zucker, antworte ich. Er stutzt einen Moment lang.

Das sagt man so in Deutschland, sage ich. Was ich tatsächlich ungewollt gesagt hatte, war: Ich bin kein gezuckerter Mann.

Die Uhr auf dem Schild, das vor Stunden noch im Wind zitterte, zeigt neunzehn Uhr fünfzehn. Als ich das erste Mal hier saß, sahen die Häuser anders aus, die Vorfreude hatte ihren Fassaden Glanz verliehen. Jetzt wirken sie fremd und abweisend. Nirgendwo findet sich ein Hinweis auf die Existenz des österreichischen Schriftstellers.

Was hast du dir eigentlich vorgestellt, meldet sich eine Stimme, dass in jedem Schaufenster ein Schild hängt? Hier kauft Peter Handke seine Wurst, hier sein Croissant, hier seine Farben und hier seine Zeitung. Dass alle Lebensmittel nach ihm benannt wären: Handke-Käse mit Musik, Peterchens Mohnbrötchen ...? Dass die Brasserie „Zur Niemandsbucht“, die Hauptstraße „Straße des Bildverlustes“, der Schreibwarenladen „Die Geschichte des Bleistiftes“, die Post „Der kurze Brief“ und die Apotheke daneben „Zum langen Abschied“ hießen? Und dass im Wald von Meudon und im Wald der falschen Ruhepausen tausend Handke-Zitate in die Bäume geritzt wären? Sei froh, dass du ihn nicht getroffen hast. Was kann bei einem solchen Treffen schon herauskommen? Bestenfalls die beschleunigte Vertrautheit zwischen zwei Menschen, die aus einer kurzen

Begegnung eine tiefe und gleichzeitig flüchtige Gemeinsamkeit zu schöpfen verstehen.

Na, das wäre doch schon recht viel und käme doch dem, was du dir insgeheim erhofft hast, sehr nahe, meldet sich eine andere Stimme. Und eine dritte: Kommen Sie rein, es wird jeden Moment regnen.

Handke stellt seine Plastiktüte neben den Eingang, streift vor den Treppenstufen, die zur Haustüre führen, seine verschmutzten Stiefel ab, und wir gehen ins Haus. Ein heller Wohnraum, spärlich möbliert, empfängt uns. Handke bleibt am Fenster stehen und wirft einen Blick in den Garten. Mir gehen tausend Fragen durch den Kopf, die ich ihm stellen möchte, doch ich will nicht geschwätzig sein, vielleicht bereut er schon seine Einladung. Ich blicke mich im Zimmer um. An der Wand lehnt eine Bambusleiter. Auf einem Tisch steht ein Glas mit Vogelfedern, darunter einige von einem Eichelhäher.

Merkwürdig, in einem Haus zu sein, dem ich zwischen den Zeilen Ihrer Bücher schon so oft begegnet bin, breche ich das Schweigen.

Entspricht die Wirklichkeit Ihren Vorstellungen?, wendet er sich mir zu.

Ich weiß nicht, die Wirklichkeit ist grundsätzlich anders als die Vorstellung, es klafft immer eine Lücke. Doch in seltenen Fällen ist sie eine Fortsetzung des Traumes mit anderen Mitteln, so empfinde ich es hier.

Es geschieht äußerst selten, dass ich einen Wildfremden in mein Haus einlade ..., einen Wildfremden, wiederholt er, merkwürdiges Wort, fremd wie ein Wilder? Er sinnt momentlang über den Ursprung des Wortes nach.

Als ich Sie auf den Stufen sitzen sah, dachte ich, jetzt belagern sie schon dein Haus. Aber dann, als ich näher kam und sah, dass Sie über ein Buch gebeugt waren, dachte ich, den musst du einladen. Sie hatten das Buch auf den

Knien und waren über es gebeugt, so, als ob Sie sich an ihm wärmten.

Dann muss wohl etwas von meiner Verbundenheit mit dem Buch nach außen gedrungen sein. Es spricht mir aus der Seele, insbesondere, was Sie über das Leben in Haus und Garten schreiben, man geht in sein Haus wie in einen Garten, Wohnen als ein Wirtschaften, ein Aufmerksam-Sein den alltäglichen Dingen gegenüber, nicht wie in einer Bauernwirtschaft, wo alles seinen routinierten Gang geht, nein, es hat etwas Bei-läufiges, man läuft eher um die Dinge herum als auf sie zu, man schält Kartoffeln und betrachtet dabei, wie die Schale sich ringelt, man handelt und wird gehandelt, jedes Tun bringt wie im Vorübergehen die Eigenschaften der Dinge, mit denen man etwas tut, hervor.

Von welchem Buch sprechen Sie?

Von der *Niemandsbucht*.

Tatsächlich, sagt er überrascht, so waren Sie also über die *Niemandsbucht* gebeugt – hätte ich das gewusst, hätte ich Sie nicht hereingebeten, sagt er scherzhaft.

Möchten Sie einen Tee? Oder ein Weißbier? Mittlerweile gibt es in Frankreich auch ganz gutes.

Ein Weißbier, vielleicht kann ich den Sommer wieder herbeitrinken. Als Kind wollte ich immer schon im Februar kurze Hosen anziehen, weil ich glaubte, dass dann das Frühjahr früher käme.

Er geht in die Küche und kommt mit einer Flasche Bier und zwei Gläsern zurück.

Ich weiß immer noch nicht, wie man es richtig einschenkt, bei mir entsteht zu viel Schaum. Wenn Sie es selbst machen wollen ...

Er reicht mir die Flasche.

Ich wusste übrigens nicht, dass es Ihr Haus ist, sage ich, während ich die Flaschenöffnung an das schräg gestellte Glas halte und die Flüssigkeit langsam hineinläuft, ich hatte nur so eine Ahnung, ich war schon auf dem Weg in die Brasserie auf der Hauptstraße, aber dann dachte ich, ruh dich ein paar Minuten auf der Treppe aus. Ich hatte fast den ganzen Tag in den Straßen von Chaville zugebracht, und wollte noch ein paar Seiten in der *Niemandsbucht* lesen und dann wieder nach Paris zurückfahren, und dann habe ich mich festgelesen. Sie haben Recht, das Buch hat mich gewärmt. Ein Buch muss wie eine Lichtung sein, haben Sie einmal gesagt, die *Niemandsbucht* ist eine solche Lichtung, eine Lichtung im Wald des gut Gemachten, im Unterholz der abgespulten Geschichten.

Mit einem Mal wird mir bewusst, wie lange es schon her ist, seit ich das erste Mal von Handke Kenntnis genommen hatte.

Den ersten Text von Ihnen hörte ich mit sechzehn Jahren, es war die *Publikumsbeschimpfung*. Damals ging ich noch aufs Internat, wir hatten ein Theaterabonnement, das war eine der wenigen Möglichkeiten, abends einmal rauszukommen ...

Seine sich zu den Seiten schräg herunterziehenden Augenlider heben sich, die Augen werden groß und der Blick wird klar.

Sie waren auf dem Internat? Ich auch. – Wo habe ich eigentlich die Pilze gelassen?

Handke blickt sich suchend um, verlässt den Raum und kommt mit der Plastiktüte wieder, die er am Hauseingang abgestellt hatte. Er leert die Tüte auf dem Tisch aus, und eine nicht geringe Menge Pilze ergießt sich auf einen Haufen, größere und kleinere, in den Farben von dunkelrot bis hellbraun, die Stiele mit dem Messer abgeschnitten. Er hält einen Steinpilz in die Höhe und betrachtet ihn von allen Seiten.

Oft sind sie schon von Schnecken angefressen, aber diese sind makellos. Und schauen Sie hier diesen jungen Schopftintling, ist er nicht wunderbar?

Er hebt mit dem Zeigefinger den noch fast geschlossenen Hut an, so dass die zarten Lamellen zum Vorschein kommen.

John Cage war auch ein Pilzliebhaber, sage ich, er hat sogar mal den ersten Preis bei einem Pilzquiz im italienischen Fernsehen gewonnen. Und er hat Pilze hörbar gemacht, indem er das Geräusch der herunterfallenden Sporen aufgenommen hat.

Schläft ein Lied in allen Dingen, sagt Eichendorff im Taugenichts.

Handke legt sein Ohr auf den Tisch. Es liegt etwas Jungenhaft-Linkisches in dieser Bewegung, und mit einem Mal kann ich mir vorstellen, dass dieser Mann zu vielen Narreteien bereit ist.

Satie hat eine Art Möbel-Musik geschrieben, sage ich, eine *Musique d'ameublement*, eine Möblierungsmusik. Dabei ging es ihm weniger darum, ein Möbel hörbar zu machen, als eine Musik zu schreiben, die wie ein Möbel ist, das unbeachtet im Zimmer herumsteht, eine Musik, die man kaum wahrnimmt, Musik als Raumausstattung. Man hatte bei der Premiere im Programmheft extra darauf hingewiesen, dass die Anwesenden der Musik, die in der Pause des Konzerts stattfand, nicht mehr Beachtung schenken sollten als den Kandelabern, den Balkonen und dem Vorhang. Doch sobald die Musik einsetzte, strömte das Publikum wieder zu den Sitzen zurück. Unterhaltet euch, hört nicht zu! Geht herum!, rief Satie, aber das Publikum ließ sich nicht davon abbringen schweigend zuzuhören. Cage hat Satie sehr geschätzt. Ich glaube, dass Sie und Cage einiges gemeinsam haben.

Tatsächlich? Jetzt bin ich gespannt.

Auch er war den kleinen Dingen zugetan und fand im alltäglichen Leben viele ‚Hörenswürdigkeiten'. Obwohl er Musiker war, hatte er kein Radio, keinen Plattenspieler, er war es zufrieden, nur von Alltagsgeräuschen umgeben zu sein. Für ihn lag der Grund, Musik zu komponieren, darin, den Geist zu ernüchtern und zu beruhigen, um ihn für göttliche Einflüsse empfänglich zu machen, ähnlich wie in der indischen Musik, wobei er unter ‚göttlichen Einflüssen' seine alltägliche Umwelt verstand. In dem Sinne half ihm die Musik dabei, mit dem Leben ins Fließen zu kommen, und ich denke, bei Ihnen verhält es sich mit dem Schreiben genauso.

Kafka hat das Schreiben einmal als eine Art Gebet bezeichnet. Ein Gebet ist ja eine Reinigung, ein Innehalten, ein Versuch, mit sich und der Umgebung ins Reine zu kommen. Und mit der Umgebung ins Reine kommen, bedeutet für mich, das Übersehene zur Geltung bringen, die scheinbaren Nebensächlichkeiten, eine andere Art der Geschichtsschreibung, abseits der Welt der Nachrichten ...

Handke verstummt, sein Blick geht ins Leere. Es wird still im Haus. Eine Taube gurrt im Garten. Vielleicht sollte ich mich jetzt verabschieden und nicht länger seine kostbare Zeit in Anspruch nehmen. Aber ich rühre mich nicht, stimme ein in sein Schweigen. „... Abseits der Welt der Nachrichten ...", seine letzten Worte gehen mir durch den Kopf, und ich beginne zu lächeln und das Schweigen zu brechen:

Ich sehe Sie gerade als Nachrichtensprecher vor meinem geistigen Auge, Sie hätten zur besten Sendezeit eine eigene Sendung. Statt ‚Tagesschau' hieße sie ‚Der geglückte Tag' oder ‚Als ich schaute, was ich sah, staunte ich nicht schlecht'. Unser tägliches Gewahrwerden gib uns heute. Ihre Nachrichten, die keine Nachrichten mehr wären, sondern Für-wahr-Genommenes, schlügen ein Loch in die sogenannten Sehgewohnheiten, sie bedienten nicht den Hunger nach Katastrophen, und auch nicht den nach Harmonie, sondern sie weckten den Appetit auf eine andere Art der Wahrnehmung, unter Ihrem Blick verwandelte sich die Raupe der Haupt- in den Schmetterling der Nebensächlichkeiten. Auch rückte der ‚Der geglückte Tag' den ewigen Kampf zwischen Gut und Böse, Glück und Unglück ins rechte Verhältnis und zeigte, dass das Glück dieser Erde weniger auf der Ebene des Staates und der Politik, als auf dem Rücken, sagen wir, der Grashüpfer zu finden ist.

Aber der Nachrichtenwert des Guten ist gering, wendet Handke ein, meiner etwas blumigen Schilderung keine Beachtung schenkend, eine Nachricht ist nur dann eine gute Nachricht, wenn sie vom Hauch der Katastrophe umgeben ist. Und daran sind zum großen Teil die Journalisten schuld. Unter Berufung auf ihre Informationspflicht verstehen sie sich ausnahmslos als Berichterstatter von Gräueltaten, sie sind Gräueltatenlieferanten ..., aber bevor ich jetzt bei Serbien lande, wende ich mich lieber den kleinen Dingen zu.

Er beginnt die auf dem Tisch liegenden Pilze zu säubern, zupft Gräser und Blattreste aus ihnen heraus, führt zwischendurch einen Pilz an den Mund, bläst über seinen Hut hinweg und streicht, wenn dann noch immer Erdreste an ihm kleben, behutsam mit der Fingerkuppe darüber. Auch macht er bei dem größten Pilz, einem ziemlich alten Steinpilz, einen Querschnitt durch den Hut und zeigt mir die Gänge der Maden.

Ich werde sie gleich zubereiten, sagt er, Sie haben sicherlich Hunger und müssen müde sein, wenn Sie den ganzen Tag durch Chaville gegangen sind.

Machen Sie sich bitte wegen mir keine Umstände, ich bin hellwach, seit ich über die Schwelle Ihres Hauses geschritten bin. Wenn Sie erlauben, werde ich Ihnen helfen.

Nein. Drehen Sie mal eine Runde im Garten. Zum Pilzputzen brauche ich Ruhe, keine Unterhaltung. Ich habe es mir abgewöhnt, zwei Dinge gleichzeitig zu tun.

Der Garten ist so, wie ich ihn mir vorgestellt habe, leicht verwildert. Die Pflanzen kommen zu ihrem Recht und sind doch gebändigt. Davon zeugen ein Rechen und eine Gartenschere, die an der Hauswand lehnen. Neben der Treppe zur Eingangstür, die durch einen Windfang geschützt ist, steht in einer Türnische ein alter, aus Peddigrohr geflochtener Kinderwagen, auf dem noch allerlei Zeugs gestapelt ist, obenauf alte Reklamebriefe, die, so stelle ich mir vor, Handke, während er, vom Briefkasten kommend, den Stapel Post in seiner Hand durchgeht, achtlos dorthin geworfen hat. Daneben lehnt ein Regenschirm. Neben dem Haus, zu dem vom efeuüberwucherten Eingangstor ein gepflasterter Weg führt, befindet sich unter einer großen Buche ein kiesbestreuter Platz, auf dem ein Tisch und ein Gartenstuhl stehen. Nachdem ich eine Runde um das Haus gedreht habe, wische ich mit der Hand die Regentropfen von der Sitzfläche und setze mich. Ein Gefühl der Unwirklichkeit steigt in mir auf. Es muss ein Traum sein, dass ich jetzt im Garten eines der bedeutendsten deutschsprachigen Schriftsteller der Gegenwart sitze, und dieser, der als unnahbar gilt, der angeblich seine Fan-Post ungelesen in den Papierkorb wirft (oder auf den Kinderwagen), einen kleinen Imbiss zubereitet.

Sie können doch etwas tun, ruft Handke plötzlich und reißt mich aus meinen Gedanken. Er steht am Windfang.

Sie können den Tisch unter der Kiefer hinterm Haus trocken wischen. Ich komme dann gleich mit den Tellern.

Wenig später tritt er mit einer eisernen Pfanne, die er mit beiden Händen am Stiel festhält, in den Garten. Ich kann mir ein Lächeln nicht verkneifen, denn es sieht zu komisch aus, wie er schnellen Schrittes mit angespannten Gesichtszügen und angewinkelten Armen die augenscheinlich schwere Pfanne zum Tisch trägt.

Ich habe noch ein Omelette gemacht, es aber nicht mit den Pilzen vermischt.

Mit einem Pfannenwender teilt er das Omelett in zwei und schiebt mir eine Hälfte auf den Teller. Genauso verfährt er mit den Pilzen. Der Wind frischt auf und fährt durch die Kiefer. Gerade, als Handke den ersten Bissen zu sich nehmen will, fällt eine Nadel auf seinen Teller. Er will sie schon zur Seite schnipsen, doch dann besinnt er sich anders, zerreibt sie zwischen den Fingern, streut die Brösel auf eine Ecke seines Omeletts und probiert.

Nein, sie geben nichts her. Ich dachte, man könnte sie vielleicht als Gewürz verwenden. Wie schmecken Ihnen die Pilze?

Sehr gut. Auch keine Anzeichen von Pilzvergiftung.

Handke sieht mich entrüstet an.

Ich habe einmal wegen einer angeblichen Pilzvergiftung eine Nacht im Krankenhaus verbracht, ich hatte Wiesenchampignons gesammelt. Nach einer Stunde bekam ich Kopfschmerzen, mir wurde schlecht, ich hatte Schüttelfrost, letztendlich alle Anzeichen einer Pilzvergiftung. Gleichzeitig war ich mir vollkommen sicher, dass unter den Champignons kein Knollenblätterpilz war, aber dann bin ich doch ins Krankenhaus gegangen. Kaum, dass ich die Schwelle überschritt, ging es mir wieder gut, alle Symptome waren wie weggeblasen. Zur Sicherheit hat man mich eine Nacht dabehalten.

Handke kaut bedächtig. Es entsteht eine Gesprächspause, und ich überlege, ob ich ihn auf seine Zeit im Internat ansprechen soll. Warum eigentlich nicht? Mir scheint, dass die Offenheit, mit der er mir bis jetzt begegnet ist, auch persönliche Fragen zulässt.

Sie sagten eben, Sie seien auch auf dem Internat gewesen, für mich war das eine schreckliche Zeit, jedenfalls die ersten zwei Jahre. Das Heimweh hat mich fast umgebracht.

Ich hatte auch Heimweh, aber nicht nach dem Heim, sondern nach der Landschaft, aus der ich gerissen wurde, ein Schock, den ich bis heute nicht überwunden habe.

Er hält einen Moment inne, sucht nach Worten und fährt dann fort:

Sie war eine Zufluchtsstätte. Ich bin vor den ständigen Streitereien meiner Eltern geflüchtet. Ich bin in gewisser Weise aus Not zum Naturburschen, nein, zum Naturliebhaber geworden.

Er berührt mit den Kuppen von Zeige- und Mittelfinger den Mund, als hätte er etwas Verbotenes gesagt.

Die Natur, nein, die Landschaft, das, was das Land schafft, was es aus sich hervortreibt, spendete Trost. Unter einem Baum fühlte ich mich daheim. Und so wurde ich empfänglich für die Ästhetik, die Architektur der Natur, wenn man so will, so wie ein Waldrand oder ein Hügel geformt sind, oder wie ein Baum auf einer Weide steht, wie sich plötzlich der Wald zu einer Lichtung öffnet.

Kennen Sie den Kiefernwald zwischen den vier Gebäuden der Bibliothèque Mitterrand in Paris?

Ja, aber er ist nicht zugänglich, reine Dekoration.

Mag sein, aber er gefällt mir trotzdem. Vor den großen rechtwinkligen Flächen der Bibliotheksgebäude kommt der oft bizarre Wuchs der Kiefern erst recht zur Geltung. Im Moment gibt es dort eine sehenswerte Ausstellung, Künstlerbücher von Michel Butor. Er behauptet, er reise, um zu schreiben. Geht Ihnen das auch so?

Sie stellen Fragen!

Jetzt fährt er seine berüchtigten Krallen aus, befürchte ich.

Aber fragen Sie nur, sagt er, als könne er meine Gedanken lesen, ich habe es eigentlich gern, befragt zu werden, das hilft mir auf die Sprünge, manchmal fallen mir gute Sachen ein. Reisen ist ein großes Wort. Ich bin unterwegs, ich gehe zu Fuß. Wenn ich gehe, bin ich ein besserer Mensch.

Wie meinen Sie das?

Ich bin aufmerksamer, besser gelaunt, empfindsamer ...

Kürzlich las ich noch einmal Ihren Aufsatz *Ich bin ein Bewohner des Elfenbeinturms,* in dem Sie sinngemäß schrieben, Sie hätten kein Thema außer dem, aufmerksamer, empfindlicher gegenüber anderen und sich selber zu werden, und andere aufmerksamer und empfindlicher zu machen.

Ja, das ist das, was Existieren bedeutet. Das Existieren ist für mich weitgehend, weitgehend ein Unterwegssein geworden. Aber ‚unterwegs' bin ich auch hier an diesem Ort. Unterwegssein ist weniger eine Frage der Entfernung, als eine der Wahrnehmung. Es gibt einen sehr schönen Satz von Novalis: *Indem ich dem Gemeinen einen hohen Sinn, dem Gewöhnlichen ein geheimnisvolles Ansehn, dem Bekannten die Würde des Unbekannten, dem Endlichen einen unendlichen Schein gebe, so romantisiere ich es.* ‚Romantisieren' ist ja letztendlich nur ein anderes Wort für Staunen. Und beim Unterwegssein kann man am besten staunen.

Als Ihr Buch *Gestern unterwegs* erschien, hat sich ein Kritiker mal die Mühe gemacht und die Länder gezählt, die Sie allein 1988 bereist haben, darunter nicht nur europäische, sondern auch Ägypten und Alaska. Ich glaube, er kam auf vierzehn.

Ich war rastlos. Es war geradezu ein Vermeiden einer Sesshaftigkeit. Sobald ich zu gleich welchem Ort ein heimatliches Gefühl entwickelte, wurde er mir sofort unheimlich. Es kam mir ja auf das Gehen an, auf das Ausschreiten, das Gehen fördert das Denken, es legt den inneren Sumpf trocken, es schärft die Wahrnehmung, im Gehen nimmt man etwas (für) wahr, es ist die Aufmerksamkeit, die ich dem Ding zukommen lasse, die es wahr macht, dann tritt es hervor, löst sich von seinem Hintergrund.

Er macht eine Pause und betrachtet die dunklen Wolken, die über das Haus hinwegziehen.

Ich war schon immer gern unterwegs, schon damals als Fahrschüler, nachdem ich dem Internat entkommen war. Ich war jeden Tag drei Stunden unterwegs zur Schule in Klagenfurt und zurück, und diese Zeit habe ich sehr genossen. Man konnte träumen, während man durch die Gegend geschaukelt wurde, es war eine Auszeit. All mein Schreiben kommt aus dem Unterwegssein.

Und jetzt sind Sie in Chaville sesshaft geworden? Sie wohnen ja immerhin schon über zwölf Jahre hier.

Sesshaft werde ich wohl nie. Eigentlich ist die Schwelle mein Ort. Das Haus hier ist ein Stützpunkt, zu dem ich immer wieder zurückkehre, gern zurückkehre. Man muss nicht immer durch die halbe Welt gehen, ich musste es vielleicht, um zu erkennen, dass ich es nicht muss.

Er lächelt schüchtern und hält die Hand vor den Mund.

Wie spät ist es eigentlich?

Ich habe keine Uhr.

Ich schätze, gegen neun, ich habe normalerweise ein gutes Zeitgefühl.

Er geht ins Haus.

Genau neun Uhr, sagt er, als er wieder in den Garten kommt.

Ich muss Sie jetzt leider hinauswerfen, denn gleich geht mein Zug nach Paris. Im Beaubourg läuft eine

Godard-Retrospektive, heute in der Spätvorstellung steht *Die Verachtung* auf dem Programm.

Ich beginne die Teller auf das Tablett zu räumen.

Lassen Sie nur, es wird sicherlich heute noch regnen ...

Die Verachtung ist einer meiner Lieblingsfilme, sage ich.

Ich habe ihn auch schon mehrere Male gesehen, sagt Handke, Jack Palance ist einfach großartig.

2

Zum Jahreswechsel hatte ich mit meiner Begleiterin einige Tage in Paris verbracht. Eigentlich wollte ich gleich am ersten Tag nach Chaville fahren, um, nachdem vier Monate vergangen waren, einen weiteren Versuch zu wagen, Peter Handkes Haus zu suchen – ein, zugegeben, nicht ganz so hoch gestecktes Ziel, wie ihm leibhaftig zu begegnen. Aber dann war das Wetter so schön sonnig, und ich entdeckte im Schuppen meines Freundes, der in der Nähe der Porte de Vanves ein Haus mit Garten besitzt – ein grünes Einsprengsel zwischen Hochhäusern, einer Seniorenresidenz und einem Afrikanerwohnheim –, zwei Fahrräder, und es war allzu verlockend, eine Radtour durch Paris zu machen, insbesondere zwischen den Jahren, wenn nicht viel Verkehr ist. Und so fuhren wir mit dem Rad zur Bibliothèque Mitterrand und besichtigten die architektonisch reizvolle neue Fußgängerbrücke über die Seine und verschoben den Besuch in Chaville auf den nächsten Tag. Am nächsten Tag jedoch war das Wetter schlecht und lud nicht ein zu einer neuerlichen Haussuche, auch wollte ich C. das 18. Arrondissement zeigen, vor allen Dingen den Cimetière de Montmartre; jenen Friedhof, der mit seinen unmittelbar an die umliegenden Häuser grenzenden Mausoleen wie kein anderer eine Stadt in der Stadt bildet. Und schließlich lockte auf dem Rückweg noch eine Robert-Doisneau-Ausstellung im Hôtel de Ville und der Besuch des Friseurladens auf der rue Raymond-Losserand (um die Ecke unserer Haus-mit-Garten-Enklave), in dessen Schaufenster zahlreiche Fotos von George Brassens ausgestellt waren. Also verschoben wir den Besuch in Chaville auf den letzten Tag des Jahres, der ohnehin vom symbolischen Gehalt her für eine erfolgreiche Suche noch besser geeignet schien als die vorangegangenen Tage. Aber dann war das Wetter am 31. Dezember wieder so schön, und die erste Radtour hatte Appetit auf eine zweite gemacht, so dass eine Ausstellung im Palais de Tokyo schnell als lohnendes Ziel ausgemacht war. Zudem stand noch der Silvestereinkauf in der bretonischen Fischhalle auf der rue Castagnary an, kurz, es wurde wieder nichts mit dem Besuch in der Vorstadt, was auch nicht weiter schlimm war, schien doch der erste Tag des neuen den letzten Tag des alten Jahres an Symbolgehalt noch zu übertreffen (kann man das neue Jahr besser beginnen, als mit dem Finden des Handke'schen Hauses?). Darüber hinaus ließ sich der Abstecher nach Chaville bestens in die Rückfahrt eingliedern. Also Neujahr. Letzte Chance.

Gegen Mittag verlassen wir, nachdem wir das Haus aufgeräumt, die Katze ein letztes Mal gefüttert und die Räder zurück in den Schuppen gestellt haben, Paris durch die Pforte von Saint Cloud, fahren über den Pont de Sèvres und nähern uns Chaville. Der Anblick des Ortseingangsschildes versetzt mir einen Adrenalinstoß, und weiter geht es vorbei an der Post, Monoprix, Markthalle, Kirche und der Brasserie, in der ich beim ersten Mal eingekehrt war, sie heißt übrigens „de la Pointe", was mir im August entgangen war. Wir parken den Wagen am Étang de L'Ursine, wo meine erste Suche endete und die zweite beginnen soll. Als ich den Stadtplan aufschlage, wird deutlich, dass alle

Straßen jenseits der rue Albert Perdreaux, die von dem kleinen See ihren Ausgang nimmt, nicht mehr zu Chaville, sondern zu Vélizy-Villacoublay gehören. Im August noch hatte ich dort, weil am Waldrand gelegen, Handkes Haus vermutet und meine Suche konzentriert. Also ist das noch zu durchkämmende Gebiet kleiner als gedacht ...

Die rue Albert Perdreaux ist eine schmale, zur rue de Jouy hin leicht ansteigende Straße. Es herrscht kein Verkehr, denn es ist Neujahr, das Stade Jean Jaurès taucht auf, gefolgt vom Gymnase Colette Besson und kleineren, einzeln stehenden Häusern, die Handke unter anderem wie folgt beschrieben hat:

Fast alle der tausend Kleinhäuser, seltsam spitz oder seltsam ausladend, hatten eine Gestalt verschieden von der nebenan, und wenn einmal zwei ähnliche auftraten, dann war das selten wie Zwillinge, und die hatte es auch jeweils weit auseinandergewürfelt. Sie standen außerdem nirgends in einer Reihe, vielmehr eines versetzt zum anderen, das barackenflache jetzt nah bei der Straße, das folgende turmartige hinten am Ende eines kegelbahnlangen Krautgartens, und dann umgekehrt, und so weiter. (...) Ob ich auf der Hauptstraße gehe oder in den hundert Seitenstraßen: Diese Unterkünfte erscheinen mir allmorgendlich als Häuser in Reinkultur, und auch noch am Nachmittag morgendlich. Und so vielfältige Zwischenräume bilden sie untereinander, daß die Dinge darin, die Büsche, die Wäscheleinen, Ruhebänke, zuhinterst der Wald, oder einfach der leere Zwischenraum für sich, in meinem Vorbeigehen mitwandern, -fahren, - reiten, -ziehen.*

Da hinten, das Haus, das da herausragt ...!, ruft C. plötzlich.

Ich folge ihrem Blick, ja, das könnte es sein, ein Haus, das ringsum von Häusern umgeben ist, ohne dass eine Straße zu ihm zu führen scheint. Sein graues Mansarddach sticht zwischen den anderen hervor; aber es scheint von keiner Seite zugänglich. Wir gehen bis zur Kreuzung, biegen rechts in die rue de Jouy ein, gehen langsam die Straße hinunter bis zur Ampel, biegen rechts ab in die rue Marcel Rebard, die wiederum auf die rue Albert Perdreaux stößt, und legen so ein Straßenviereck um das Haus, ohne jedoch einen zu ihm hinführenden Weg ausgemacht zu haben ... oder etwa doch? War da nicht eben eine Art Durchgang, schmal und dunkel, von der rue de Jouy abzweigend. Und hat nicht dieser im Vorübergehen aus dem Augenwinkel wahrgenommene Durchgang an ein in meinen Erinnerungen vergrabenes Bild von einem ähnlichen Durchgang gerührt? Ich eile zurück, erreiche den vermuteten Durchgang, eine schmale Allee aus dicht an dicht stehenden Nadelbäumen, und im gleichen Moment bestätigt sich meine Ahnung, ja, ich habe sie schon mal gesehen ..., aber wo ...?, war es in jenem Film, der teilweise in Handkes Haus spielte ... mit Jeanne Moreau ... wie hieß er noch gleich ...? Und während wir die Allee entlanggehen, an deren Ende ein grünblau gestrichenes, hell leuchtendes Gartentor liegt wie das sprichwörtliche Licht am Ende des Tunnels, fällt mir der Titel des Films ein: *Die Abwesenheit*. Ja, es war in diesem Film, und es erhebt sich in mir eine überschwängliche Freude: Kaum, dass wir zu suchen anfangen, finden wir schon!

Vor dem Haus öffnet sich die Allee zu einem kleinen intimen, von der Grundstücksmauer eingefassten Halbrund. Wir stehen (stehen? Von wegen: Ich gehe hin und her, auf und ab, vor und zurück!) vor einem zweiflügeligen, mit einem Blech verblendeten Gartentor, über dessen eiserne Spitzen hinweg man, stellt man sich auf die Zehenspitzen, in den Garten schauen kann. Eine Art Windstille breitet sich in mir aus, alles wird ruhig, alles wird weit. Aber dieser Zustand währt nur wenige Sekunden, dann beginne ich wieder vor dem Gartentor auf- und abzugehen, hin- und hergerissen zwischen Flüchten- und Bleibenwollen.

Er ist zu Hause, sagt C.

Woher willst du das wissen?

Die Tür des Windfangs steht offen.

Das hat nichts zu bedeuten.

Schon bin ich ein Stück die Allee, die an einem weiteren Haus vorbei auf die rue Marcel Rebard führt, hinuntergegangen. Ich will nicht als neugieriger Eindringling erscheinen, womöglich vom Hausbesitzer aus dem Inneren heraus argwöhnisch beobachtet und als einer von „diesen Idioten, die wieder ums Haus schleichen" bezeichnet. Auf halbem Weg bleibe ich stehen.

Willst du nicht klingeln?

Nein. Ich will nur meinen Text abgeben, und dann nichts wie weg!

Gemeinsam gehen wir wieder zum Haus zurück. Noch immer widerstrebt es mir, Haus und Garten genauer zu betrachten. Der Blick eilt hierhin und dorthin, da ist der Windfang, da ist das mit länglichen Schieferplatten gedeckte Dach, da ist eine Gartentür von der gleichen Machart wie das Tor, da ist die Klingel, an der kein Name steht und die auch nicht so aussieht, als ob sie funktioniere.

Du willst wirklich nicht klingeln?

Nur um ihm zu sagen, dass ich einen Text für ihn habe?

Vielleicht bittet er dich herein.

Im Gegenteil, er wird sich belästigt fühlen.

Wir gehen zurück zum Auto und parken es in einer Seitenstraße, die schräg gegenüber der Allee in die rue de Jouy mündet. Ich schreibe Handke ein paar erklärende Worte zu meinem Text.

Sehr geehrter Herr Handke, endlich habe ich Ihr Haus ausfindig gemacht. Fast bedauere ich es, dass die Suche, wie ich sie in dem beiliegenden Text „Der Holunderkönig" beschrieben habe, nun zu einem Ende gekommen ist. Eben stand ich vor Ihrem Gartentor, die Tür zum Windfang war offen, es schien jemand da zu sein, aber ich wollte nicht stören.

Je vous souhaite une bonne année 2007. Vielleicht ergibt es sich ja mal, dass wir uns treffen.

Das mit dem Bedauern stimmt nicht ganz, überwiegt doch die Freude bei weitem den Verlust, den das Lüften des Geheimnisses mit sich bringt. Ich schiebe den Brief in den Umschlag, nicht ohne meine Adresse zu hinterlassen.

C. rät mir, meine E-Mail-Adresse anzugeben, aber ich wehre entrüstet ab.

Das wäre für ihn eher ein Grund, mir nicht zu antworten! Ich kann mir nicht vorstellen, dass er eine E-Mail-Adresse hat.

Vielleicht ist er gar nicht so rückwärtsgewandt, wie du denkst.

Mit Rückwärtsgewandtheit hat das nichts zu tun, ich will keinen Informationsaustausch, ich will etwas über ihn, den Niemandsbuchtler, den Holunderkönig, den Rinkolacher Schuljungen in *Erfahrung* bringen, das ist ein großer Unterschied, ich betreibe keine journalistische Recherche, ich helfe nur meinem Traum auf die Sprünge. Ich mache mir gern eine Mühe, das schafft Raum für Hoffnung, Sehnsucht und Vorstellungskraft. Ich will nicht alles frei Haus geliefert bekommen, ich lebe wie Handke von den Zwischenräumen, nur verschwinden sie immer mehr und mit ihnen die Vorstellungskraft, bald wird sie so selten sein wie ein Schneeleopard.

C. macht Anstalten auszusteigen. Sie kennt bereits meine Tiraden gegen den schnellen Zugriff und das weltweite Netz.

Lass uns noch ein paar Minuten sitzen bleiben, schlage ich vor, einfach nur da sitzen und die Ruhe genießen.

Die Straße liegt verlassen da, die Häuser stehen, wo sie immer stehen. Ein Vogel fliegt von einem Baum zum anderen und ein Auto kreuzt die Straßenmündung. Alles ist weit und der Himmel ist milchig blau. Das Jahr hat gewechselt, und das neue tritt erst einmal auf der Stelle. In Deutschland wären jetzt die Straßen mit ausgebrannten Feuerwerkskörpern und Hülsen von Donnerschlägen bedeckt. Es war ein vergleichsweise ruhiges Silvester. Bis eine Stunde vor Mitternacht hatte es geregnet. Der Regen prasselte auf den wintergartenähnlichen Anbau des Hauses in der Nähe der Porte de Vanves, spann uns ein in einen heimeligen Kokon, in dem wir, mit Blick in den tropfnassen Garten und auf die erleuchteten Fenster der Hochhäuser, ein ausgedehntes Menü zu uns nahmen: Die Jakobsmuscheln aus der bretonischen Fischhalle, deren Wände von Szenen aus bretonischen Fischerleben bemalt sind und aus denen Boote in Originalgröße als Halbreliefs ragen; die Bohnen und das Lammfleisch vom Markt in Barbès, dessen Händler ungeachtet unserer „Weniger-weniger-Rufe" große Mengen Bohnen und Kartoffeln in die Tüten stopften. Und weiter ziehen die Bilder der letzten Tage vor meinem geistigen Auge vorüber: Die zahllosen roten Zelte entlang der beiden Ufer des Canal Saint-Martin, die von einer Organisation, die sich „Kinder des Don Quichotte" nennt, für die Obdachlosen aufgebaut worden sind; die Kreuze einiger Grabmäler des Cimetière de Montmartre, wie sie in die Stahlkonstruktion der Brücke der rue Caulaincourt ragen; die zwei spangenähnlich miteinander verflochtenen Bögen der Fußgängerbrücke gegenüber der Bibliothèque Mitterrand; das Schlangestehen vor der Doisneau-Ausstellung im Hôtel de Ville, als nach einer Stunde Wartezeit der Wärter mir mit seiner aufgestellten Handfläche den Zugang verwehrt, ich also nicht zu dem Pulk der zwei Dutzend Leute gehörte, die wieder einmal hineindurften. Irgendwie hatte ich die ganze Wartezeit über gewusst, dass es so kommen würde, dass sich genau vor meiner Brust die Schnittstelle auftun und ich der erste Zurückgewiesene sein würde. Aber dass es dann tatsächlich auch so kam, ließ mich kurz an die Macht des Schicksals glauben.

Ein altes Ehepaar kommt die Straße hoch. Der Mann deutet mit seinem Stock in verschiedene Richtungen, unter anderem auch auf unseren Wagen. Ist das das Zeichen, zu Handkes Haus zurückzukehren? C. hat wohl den gleichen Gedanken, denn sie öffnet den Wagenschlag. Ich schiebe den Brief in das Kuvert, reiße das Papierband vom Klebestreifen und halte, bevor ich es zuklebe, noch einmal kurz inne, als wäre ich im Begriff, eine bedeutende Entscheidung zu treffen.

Als uns wieder die Allee und das an ihrem Ende leuchtende Gartentor empfängt, versuche ich mir den Anschein eines Spaziergängers zu geben, der zufällig in diesen ungewöhnlichen grünen Tunnel geraten ist. Aber mit jedem Schritt wächst meine Erregung, und, vor dem Gartentor angekommen, bin ich wieder ein Nervenbündel. Flüchtig streift mein Blick eines der beiden Fenster im ersten Stock, vor das ein Vorhang gezogen ist. Zusammen mit der verschmutzten Fensterscheibe vermittelt er den Eindruck, als wohnte seit langem niemand mehr in diesem Zimmer.

Als ich den Briefkastenschlitz, der in das Gartentor im unteren Drittel eingelassen ist, aufklappe, kann man hindurch bis auf den Erdboden sehen. Die Tür des rückwärtigen Briefkastens steht also offen – und was geschieht jetzt mit meinem Umschlag? Ich kann ihn nicht einfach durch den Schlitz auf den Erdboden gleiten lassen, nicht bei dieser unsteten Wetterlage und nicht bei diesem unsteten Leben, das der Holunderkönig führt. Was bleibt mir da anderes übrig, als zu klingeln? Er kann doch kurz ans Tor kommen, was ist schon dabei? Ich gebe mir einen Ruck und drücke den Klingelknopf. Es ist kein Ton zu hören. Entweder ist die Klingel kaputt oder die Entfernung zum Haus ist so groß, dass man den Klingelton nicht hören kann („einen Klingelton entfernt", eine schöne Umschreibung für ein bestimmtes Maß an Entfernung). Ich schelle noch einmal, diesmal etwas länger, aber weder erscheint jemand an einem Fenster, noch ist ein Geräusch zu hören. Niemand zu Hause. Gut, das ist mir recht, nun kann ich mir in aller Ruhe das Haus anschauen. Da ist das im Mauerwerk eingelassene Schild, auf dem der Name des Architekten, Paul Marchand, steht. Das Haus mit seinen breiten, hölzernen, weißgestrichenen Fenstereinfassungen, dem Windfang, den Vorbauten auf der rechten Seite und dem Mansarddach scheint einen gewissen Urheberstolz durchaus zu rechtfertigen.

Er ist nicht weit, sagt C., die vor der Gartentür steht, schau, der umgekippte Papierkorb, wahrscheinlich ist er über Silvester zu Freunden nach Paris gefahren.

Der Papierkorb hat nichts zu bedeuten. Ich glaube nicht, dass Handke Haus und Garten vor der Wegfahrt aufräumt. Eine aufgeräumte Wohnung hat etwas Deprimierendes. Warum soll man aufräumen, wenn man wegfährt?

Mir gibt es einfach ein gutes Gefühl, wenn ich die Verhältnisse geordnet zurücklasse, sagt C.

Ich bin mal in ein Haus eingestiegen, in dem eine alte Frau ein halbes Jahr vorher gestorben war. Alles war so, als lebte sie noch darin. Gläser standen auf dem Tisch, eine Schublade in einer Kommode stand offen, als hätte sie sich noch einmal die Rechnungen angeschaut. Ich habe mich lange dort aufgehalten und in den lebendigen

Hinterlassenschaften der Verstorbenen gelesen. Und so möchte ich, wenn ich nach einer längeren Zeit wieder in meine Wohnung komme, auch in meinen Hinterlassenschaften lesen. Wenn da zum Beispiel ein aufgeschlagenes Buch auf dem Tisch liegt: Ach ja, das habe ich gelesen ...

... oder in der Spüle ein verschimmelter Teller steht: Ach ja, das habe ich gegessen, sagt C. lachend, der Tod ist kein Urlaub. Eine aufgeräumte Wohnung ist wie ein Neuanfang.

In Ordnung, du hast gewonnen.

Ich will mich nicht streiten, ich habe im Moment andere Sorgen, ich muss ich etwas finden, mit dem ich den Umschlag schütze.

Dort ist ein Loch im Gitter, du könntest hindurchschlüpfen und das Paket in den Windfang stellen.

Nein, das kann ich nicht machen, das steht mir nicht zu. Das ist kein verlassenes Haus, nein, diese Grenzüberschreitung ginge zu weit. Außerdem steht da dieser Holzpfosten vor dem Loch, er sieht aus, als hätte Handke ihn dorthin gestellt. Was ich jetzt brauche, ist eine Plastiktüte und Tesafilm.

Heute ist Neujahr und die Geschäfte haben zu, sagt C., gehen wir erst einmal einen Kaffee trinken, vielleicht ist er in einer Stunde zurück.

Wir schlendern die rue de Jouy hinunter Richtung Bahnhof, unterqueren den Bahnkörper und gelangen zu einem von Bahndamm, Bahnhof und Häusern eingefassten Platz. In einer Bäckerei kaufen wir ein Stück Flan, um an eine Plastiktüte zu kommen. Aber das ist gar nicht so einfach. Auf meine Frage schüttelt die Verkäuferin, während sie den Flan in Papier wickelt und an den Enden ein paarmal lässig um sich selbst drehen lässt, den Kopf, ich bin betrübt.

Auch der Wirt der Brasserie Les trois Gares gegenüber dem Bahnhof ist betrübt. Nun ja, trinken wir erst einmal unseren Kaffee.

Schade, dass unsere Tage in Paris vorbei sind, sagt C. und nimmt meine Hand, die Silvesterfeier auf den Champs Élysées war sehr schön, auch wenn das Feuerwerk gefehlt hat.

Ich stimme zu. Nach unserem Festmahl beschlossen wir, den Jahreswechsel an der Bastille zu begehen. Die Metro war kostenlos. An der Station Champs Élysées/Clemenceau hatten wir umzusteigen in die Linie 1 Richtung Château de Vincennes, aber niemand der zahlreichen Aussteigenden wollte zur Bastille, alle gingen Richtung Ausgang. Nun gut, folgen wir den Massen, öffnen wir den Champagner auf den Champs Élysées im Schatten des Grand Palais. Zuerst ging es trotz der vielen Menschen noch zügig Richtung Ausgang, dann, auf der ersten Treppe, geriet der Fluss ins Stocken, es war nur noch ein Schieben und Geschobenwerden, und dann, als sich Jugendliche grölend gegen ihre Vorderleute warfen, wurde es gefährlich eng, es wurde so eng, dass man den Arm nicht mehr heben konnte. In manchen Augenwinkeln blitzte bereits Panik auf. Nur gut, dass man die Menschen auf der Treppe, die am anderen Ende des Raumes an die Oberfläche führte, im Blick hatte und sich vergewissern konnte, dass sie sich nach oben bewegten, zwar langsam, aber doch stetig. Das Ventil war also geöffnet und es war nur eine Frage von Minuten, endlich unter die mit Lichterketten geschmückten Bäume der Champs Élysées zu gelangen. Dort standen die Menschen in lockeren Gruppen bis hoch zum Étoile, in gelöster Stimmung, zuversichtlich und mit einem Leuchten in den Augen das neue Jahr erwartend. Um Mitternacht entkorkten wir unseren Champagner, gossen die Pappbecher voll, wünschten uns und den Umstehenden viel Glück und viel Segen auf all unseren und ihren Wegen und gingen zum Pont Alexandre, von wo der Eiffelturm, in seiner ganzen Größe für eine halbe Stunde in ein glitzerndes Sternenkleid gehüllt, gut zu sehen ist.

Nebenan ist ein Blumenladen, der offen hat, sagt C., die haben vielleicht eine Plastiktüte.

Sofort gehe ich mit dem Umschlag dorthin. Der Inhaber steht draußen inmitten seiner kleinen Topfpflanzen und redet mit einem Passanten über die Silvesternacht. Beide kommen zu dem Schluss, dass vergleichsweise wenig Autos in Flammen gestanden hätten. Ich warte geduldig, bis der andere sich verabschiedet und der Blumenhändler Anstalten macht, in seinen Laden zu gehen.

Haben Sie vielleicht eine Plastiktüte für mich?

Ich deute auf meinen Umschlag.

Wegen des schlechten Wetters, es ist sehr wichtig.

Er schaut mich missbilligend an, gibt mir eine und ist schon wieder auf dem Weg nach draußen.

Vielleicht noch etwas zum Befestigen, rufe ich ihm kleinlaut hinterher und mache eine Wickelbewegung mit dem Arm. Er verdreht die Augen, was wollen Sie denn noch alles, und reißt einen kurzen Streifen Tesafilm ab. Viel zu wenig. Ich schaue mich in dem breitgefächerten Angebot von kleinen und kleinsten Topfpflanzen um und kaufe eine Hyazinthe. Nun ist es mir gestattet, so viel Tesafilm zu nehmen, wie notwendig ist, um die um einiges zu große Plastiktüte, die ich oben und an einer Seite eingeschlagen und notdürftig glatt gestrichen habe, zu verkleben. Die Hyazinthe überreiche ich C., dafür, dass sie als Erste das Haus entdeckt hat. Wir zahlen den Kaffee und kehren zu Handkes Haus zurück. Ich drücke wieder auf den Klingelknopf, aber nichts tut sich, kein Schatten am Fenster. Die Schuhe stehen noch auf der Treppe. Sie stehen da als eigenständige Wesen: Wer solche Schuhe anzieht, muss wissen, was er will, geht es mir durch den Kopf, sonst wird er dorthin gegangen, wohin *sie* wollen.

Ich schiebe den Umschlag, auf den ich in formatfüllenden Großbuchstaben PETER HANDKE geschrieben habe, unter dem Tor hindurch und lehne ihn von innen aufrecht dagegen, so dass er dem Regen nicht so viel Angriffsfläche bietet. Dann blicke ich mich um, schaue erwartungsvoll die Allee hinauf zur Straße, als hoffte ich, dass der Kärntner Querfeldeingeher jetzt, kurz bevor wir uns anschicken zu verschwinden, von einem Waldgang zurückkäme, in einem ähnlichen Aufzug wie dem des Vaters aus dem Buch *Lucie im Wald mit den Dingsda,* der sich als ‚Gärtner' bezeichnete, und den Handke in meiner Erinnerung etwa so beschrieben hat: ein Mann mit vom Wind zerzausten Haaren, einem schwarzblau schimmernden Käfer, der ihm aus dem Rockärmel fällt, ausgebeulten Taschen, aus denen rotbraune Pilzhüte hervorlugen, umgeben von einem Modergeruch, den man zehn Meilen gegen den Wind riechen kann.

Wortlos ginge er an uns vorüber, drehte sich dann, während er das Gartentor öffnete, noch einmal zu uns um:

Suchen Sie jemand?

Ich nicke.

Dann sind Sie hier falsch, hier wohnt niemand, nur der Gärtner.

Genau den suche ich, den mit den Dingsda.

Briefwechsel

(Januar 2007–März 2016)

am 10. Januar 2007

Lieber Rolf Steiner, nachdem ich Ihren Suchbericht in Chaville (das ich manchmal arabisch Schabylia = Sevilla, frei nach Ibn' Arabi ةيليبشإ nenne) gelesen habe, sehe ich einiges von dem Ort auch mit Ihren Augen, und das erfrischt. Nun kennen (?) Sie viel, und doch fast gar nichts von der Niemandsbucht; mehr werden Sie wohl haben von den Zwischenräumen hier als von den meisten Leuten.

Und so wünscht Ihnen ein
weiteres Forscherjahr –
Peter Handke

Das Plakat mit den Vermissten hat auch mich seit langem in Bann (s. Gare Rive Gauche)

Oświęcim, den 21. März 2007

Lieber Peter Handke,
Oświęcim (sprich Oschwiendschim), der Name ist für deutsche Zungen schwer auszusprechen, ist ein nettes Städtchen, nicht viel los, aber dafür gibt es in der näheren Umgebung umso mehr zu sehen. Ich bin in Birkenau, einem Dorf jenseits der Schienenstränge, in einer kleinen Pension untergekommen. Leider ist das Wetter nicht so, wie es sein soll, aber ich werde es überleben.

Herzliche Grüße
Rolf Steiner

am 2. April 2007

Lieber Rolf Steiner –
Seltsam, eine Gegend von jemand Drittem umschrieben zu finden, die man seit 17 Jahren ein- und ausatmet, so oder so. Gut, einen anderen Blick zu lesen, und so hat mir Ihr Kriminalbericht etwas gegeben – danke.

Und Ihre Nüsse waren ausgezeichnet, keine einzige verschimmelt. (Mein Bruder schickt mir jedes Jahr welche von zu Hause, und nicht wenige sind zerwurmt.)

Und so grüßt Sie vorösterlich
(m. entzündeter Hand s. d. Schrift)
Peter Handke

Köln, den 27. Mai 2007

Lieber Peter Handke,
es hat mir doch in den Fingern gejuckt, Sie unter die Unsterblichen zu reihen und eine Postkarte zu entwerfen, auf der, wie bei denen von Miller, Hemingway, Balzac, Colette und wie sie alle heißen, Portrait und ehemaliger Pariser Wohnort abgebildet sind und die es bei den Pariser Bouquinisten und Buchhandlungen zu kaufen gibt. Ich hoffe, die verschiedenen Prototypen gefallen Ihnen. (Keine Sorge, keiner davon wird in Serie gehen, es bleibt bei diesen Unikaten, ich werde Ihre Adresse, die ich mir in köstlicher Mühe ergangen habe, nicht verraten.) Als Vor-Bild lege ich die von George Brassens dazu. Ihr Portraitfoto auf der geklebten Postkarte befand sich in einem Verlagsprospekt neben dem von Josef Winkler, was mich gefreut hat, da ich ihn als Schriftsteller sehr schätze. Ich nehme an, dass Sie ihn kennen, ist er doch ein Landsmann, oder besser

gesagt: ein Gegend- und Landschaftsmann von Ihnen. Ich habe ihn 1993 in Varanasi kennengelernt, wir waren im gleichen Hotel. Wie er, konnte auch ich mich der Faszination der Verbrennungsstätten an den Ufern des Ganges nicht entziehen und bin Tag für Tag dorthin gegangen, so lange, bis mir das Unfassbare – dass der menschliche Körper nichts als Materie ist – zwar nicht fassbar, aber zur oberflächlichen Gewohnheit wurde.

Vielen Dank für Ihren Brief. Es freut mich, dass Ihnen die Nüsse geschmeckt haben. Dieses Jahr wird es wohl nichts werden mit der Nussernte, da ich Ende September auf meine älteren Tage noch einmal Vater einer Tochter werde, über deren Namen wir uns im Moment noch nicht einigen können. Am Ende muss vielleicht das Papier-Stein-Schere-Brunnen-Spiel entscheiden.

Ich bin im Moment für eine Woche in der Nähe von München, genauer gesagt, im Donaumoos, zu Gast bei meinem Maler-Freund Norbert Prangenberg, mit dem ich seit über zwanzig Jahren Künstlerbücher mache – er hat bis jetzt zu meinen Texten Linol-, Holzschnitte und Aquarelle gemacht. Was Sie freuen wird: Er ist ein Liebhaber von Hermann Lenz. Seit ich ihm *Der Kutscher und der Wappenmaler* geschenkt habe, hört er nicht mehr auf Lenz zu lesen, hat sich die Gesamtausgabe gekauft und wird, wenn er den letzten Band ausgelesen hat, beim ersten wieder anfangen.

Diese kleinen Reisen zwischendurch tun gut, weil sie doch immer eine Fülle neuer Ideen und Blickwinkel hervorbringen. So ist mir auch dort endlich eine Idee gekommen, wie ich meine einwöchige Auschwitz-Erfahrung vom März diesen Jahres, abgesehen von dem Text[*], den ich darüber schreiben werde, ins Bild[**] setzen kann. Ich hoffe, ich langweile Sie nicht, wenn ich es Ihnen kurz erläutere. In Auschwitz habe ich Postkarten mit sechs verschiedenen Stadtansichten gekauft (mehr gab es nicht, Auschwitz ist eine kleine Stadt von 40.000 Einwohnern) und an acht Personen, darunter auch Sie, geschickt, jeweils mit einem etwas anderen Text. Leider bin ich erst jetzt auf die Idee gekommen, aus den Karten ein Leporello zu machen, das Ganze auf Din-A4 vergrößert. Auf die Postkartenseiten, die je nach Entwurf zwei bis sechs Ansichten der Stadt Auschwitz umfassen, soll unter Wahrung der Form jeweils eine von mir fotografierte Ansicht aus den beiden Konzentrationslagern einkopiert, sozusagen untergejubelt, werden – aber warum schreibe ich das jetzt alles, wenn ich diesem Brief doch ein Beispiel beilegen kann ...

Nun bin ich dabei, die bereits verschickten Karten wieder einzutreiben, da es mir um den jeweils etwas anders formulierten ironischen Text geht. In diesem Zusammenhang möchte ich Sie darum bitten, Ihre Karte, falls Sie sie noch haben, an mich zurückzuschicken.

Mein Freund Norbert besitzt übrigens auch den Briefwechsel[***] zwischen Hermann Lenz und Ihnen, und da habe ich nachgeschaut, wie Sie es damals angestellt haben, ihn zu treffen. Sie schrieben: *Lieber Hermann Lenz, ich möchte ja wirklich was über Sie und Ihre Bücher schreiben. Und meine Briefe kommen mir auf die Dauer dann doch als pure Deklamationen vor. Deswegen wollte ich Sie fragen, ob es möglich ist, dass ich Sie Anfang oder Mitte Mai einmal besuchen kann ...*

Ihre Worte sprechen mir aus der Seele. Auch ich möchte etwas über Sie und Ihre Bücher schreiben. Nun ist zwar schon so viel über Sie geschrieben worden, dass Sie vielleicht über mein Ansinnen nur mit den Schultern zucken können: Da wird bloß eine weitere Eule nach Chaville getragen. Aber ich möchte es nicht auf eine literaturkritische Weise, sondern im Zusammenhang mit dem Holunderkönig tun. Ich finde, die beiden Akte des „Kriminalberichts“, wie sie es einmal genannt haben, verlangen nach einem dritten und letzten, in dem die Vorstellung Realität und der Traum wahr wird. Außerdem, abseits vom Holunderkönig, ist es mir ein Herzenswunsch, Sie einmal kennenzulernen. Von Köln nach Chaville ist es nicht weit, und ich bin ein beweglicher Mensch, der gerne ausfliegt, ich habe Freunde in Paris, die ich öfter besuche, und so ist es mir ein Leichtes, bei Ihnen vorbeizuschauen.

Zum Schluss will ich mich noch einmal Ihrer Worte, die Sie an Hermann Lenz geschrieben haben, bedienen (ich hoffe, Sie verzeihen mir diesen Schleichweg): *Und jetzt mache ich mich von Ihrer Seite auf alles Mögliche gefasst. Hoffentlich geht's Ihnen gut. Ich würde Sie nicht von Ihrem täglichen Leben abhalten wollen.*

Herzliche Grüße
Rolf Steiner

* *Willkommen in Oświęcim,* Künstlerbuch, mit einer Grafik von Wolfgang Bous und einem Leporello.

** *Verhalte dich ruhig,* Textbilder, Fotomontagen, ein Hörstück und ein Künstlerbuch von einer Reise nach Auschwitz im März 2007, Kunstwerk Köln, 2008 (siehe dazu auch das erste Kapitel im vorliegenden Buch).

*** Handke, Peter / Lenz, Hermann: *Berichterstatter des Tages.* Briefwechsel. Hg. und mit einem Nachwort von Helmut Böttiger, Charlotte Brombach und Ulrich Rüdenauer. Mit einem Essay von Peter Hamm. Frankfurt am Main/ Leipzig: Insel 2006.

Köln, 6. September 2007

Lieber Peter Handke,
es ist schön, wieder einmal von Ihnen zu lesen, wenn auch (nur) in Interviewform. Letzten Samstag am 1. September las ich in der Süddeutschen eine Notiz über ein Interview, das Sie der Frankfurter Rundschau* gegeben hatten, und rekonstruierte, dass es in der Freitagsausgabe erschienen

sein musste. Ich rief eine Freundin an, von der ich weiß, dass sie die FR abonniert hat, und bat sie, mir das Interview zuzuschicken. Aber dann wollte ich ihren Brief nicht abwarten, klapperte alle Kioske in der Nachbarschaft ab und tatsächlich, der dritte hatte noch die FR vom Vortag.

Viele Ihrer Antworten sind mir zu Herzen gegangen und ich habe eine Art Geistesverwandtschaft gespürt: Mit dem Nicht-mehr-aufstehen-Wollen ist es mir in der Kindheit ähnlich gegangen, nur war es kein Stein, sondern ein Stuhl – ich bin in der Stadt groß geworden –, von dem ich mich nicht mehr erheben wollte. Oder als Sie darauf bestanden, kein Schriftsteller, sondern ein gestern, heute und morgen Schreibender zu sein – man kann sich nicht genug wehren gegen das Festgeschriebene. Oder als es um das „Gut-tun" ging. Diesbezüglich kann ich Ihnen als einer Ihrer Leser versichern, dass Ihre Bücher gut tun, nicht nur mir oder anderen Lesern, sondern das Gut-tun ist ihnen sozusagen eingebaut, es schwingt zwischen den Zeilen und hat seinen Ursprung in der Auslotung des Daseins, im Wagnis.

Haben Sie eigentlich meinen letzten Brief bekommen, dem ich einige Entwürfe zu einer „Handke-Postkarte" beigelegt habe und in dem ich angefragt habe, ob ich Sie einmal besuchen dürfte, um die Erzählung „Der Holunderkönig" zu Ende zu bringen? Stand an ihrem Anfang nur die fixe Idee, nach Chaville zu fahren und Ihr Haus zu suchen, schloss sich an die erste vergebliche Suche eine zweite erfolgreiche an, das Suchen schlug in Finden um, die Geschichte nahm Fahrt auf und drängt nun zu ihrer Vollendung, zu einem dritten Teil, sozusagen einem Happy End, das, wenn man den Begriff ins Deutsche übersetzt, seinen schalen Hollywood-Beigeschmack verliert, und nichts als „Glückliches Ende" bedeutet.

Ich würde mich über ein glückliches Ende, das in meiner Vorstellung aus nicht mehr als einem Über-die-Schwelle-Treten und einem kurzen Wortwechsel zu bestehen bräuchte, sehr freuen.

Herzliche Grüße
Rolf Steiner

* Müller, André: *Ein Idiot im griechischen Sinne.* In: Die Weltwoche, 29.8.2007. [auch: *Es muss weh tun.* In: Frankfurter Rundschau, 31.8.2007; auch: *„Ich bin ein Idiot im griechischen Sinne“.* In: profil, 3.9.2007; auch: *Peter Handke. 2007.* In: Ders.: *„Sie sind ja wirklich eine verdammte Krähe!“* Letzte Gespräche und Begegnungen. München, Langen Müller 2011, S. 69–89.]

Paris, 1. Juli 2008

Lieber Peter Handke,
ich schicke Ihnen, von Pilz- zu Pilzfreund, das Foto* eines Pilzes, den ich vor ein paar Jahren auf meinem Grundstück in Südwestfrankreich gefunden habe. Das Foto ist eigentlich das Foto eines Fotos, das heißt, ich habe vom Originalfoto ein Polaroid genommen, das ich dann im Dunkeln auseinandergezogen, mit der beschichteten Oberfläche auf das angefeuchtete Papier gedrückt und dann wieder abgezogen habe. Auf diese Weise sind die Risse in der Oberfläche und die Patina entstanden.

Der Pilz war so groß wie der von zwei Händen geformte Hohlraum, deren leicht gekrümmte Finger mit den Kuppen aneinanderstoßen.

Anbei lege ich das Manuskript von *Unterwegs im Hinterland*, das unter anderen die noch einmal überarbeitete Geschichte über die Suche nach Ihrem Haus enthält, und das ich jetzt einigen Verlagen zur Veröffentlichung anbiete. Es ist nur halb so umfangreich, wie es scheint, da die Seiten einseitig bedruckt sind.

Mit dem Wunsch, Sie mögen einen schönen Sommer verbringen und sich nicht so viel sorgen um diesen und jene, verbleibe ich Ihr unbekannt verbundener
Rolf Steiner

* Das Polaroidfoto ist Teil des Mappenwerks *Sechs Orte, Segur de Calafell 1963 – New York 1970 – Tanger 1977 – Lavaur Delbos 1980 – Barcelona 1983 – Varanasi 1993.* Jahresgabe für den Stuttgarter Kunstverein 1996. Es wurden je 6 Mappen mit jeweils 6 Texten von Rolf Steiner und 6 Aquarellen von Norbert Prangenberg, 6 Mappen mit 6 mehrfarbigen handabgezogenen Linolschnitten von Norbert Prangenberg und 6 Mappen mit jeweils 6 Polaroidfotografien von Rolf Steiner angefertigt.

Köln, 30. September 2014

Lieber Herr Handke,
die Glühwürmchen sind nicht am Aussterben, wie Sie vielleicht befürchtet haben in Ihrer Rede zum Ibsen-Preis, die ich in der FAZ * gelesen habe. Aber sie sind selten geworden, man trifft sie, ähnlich wie die Maikäfer, nicht jedes Jahr an. Dieses Jahr, im Juni, hatte ich Glück und habe sie mit meiner Tochter Rosalie bei einem spätabendlichen Spaziergang durch ein kleines Wäldchen in der Nähe von Köln gesehen. Natürlich, sie treten nicht in Schwärmen auf, sind eher Einzelgänger, halten Abstand zueinander und setzen nur hier und da Lichtpunkte in die Dunkelheit, aber sie waren doch so zahlreich, dass wir mühelos einige fangen und sie aus der Nähe betrachten konnten, freilich ohne Glühen. Wenn sie auf der flachen Hand liegen, löschen sie ihre Laterne und sind ebenso unscheinbar wie stumme Nachtigallen.

Es war herzerfrischend, wieder etwas von Ihnen in der ZEIT** zu hören (ein Interview zu lesen, kommt einem gedanklichen Hören gleich). Ihre Wortmeldungen sind herzstärkende Mittel und ich nehme sie gern zu mir. Mit dem, was Sie über die Könner gesagt haben, haben Sie mir aus der Seele gesprochen. Ich hatte für einen Katalogbeitrag, der anlässlich einer Ausstellung meines vor zwei Jahren verstorbenen Freundes Norbert Prangenberg erschienen ist, Folgendes geschrieben:

Seine Kunst entspringt nicht der Verzweiflung, sondern dem Vertrauen auf die eigenen Fähigkeiten: Mich findet, was ich suche. Er nimmt die Tatsache, niemals Antworten auf seine grundlegenden Fragen zur menschlichen Existenz zu erhalten, demütig zur Kenntnis. Vom Werden der Vergeblichkeit keine Spur, im Gegenteil, er weiß, dass in ihr die Grundspannung seiner Existenz begründet ist, die seinen künstlerischen Motor am Laufen hält. So löst eine Zeichnung das andere Bild und das wiederum die eine Skulptur ab, eine Arbeit gibt die andere, die Karawane zieht weiter. Jede Zeichnung, jedes Bild, jede Skulptur, jede Druckgrafik stellt nur einen kurzen Einschnitt in der immerwährenden Produktion dar. Norbert benutzte das von Nietzsche in dem Buch „Also sprach Zarathustra – ein Buch für Alle und Keinen" beschriebene Bild des aus sich selbst rollenden Rades, um sein künstlerisches Wesen zu definieren. Nach Nietzsche ist, so schreibt Wolfgang Müller-Lauter in seinen Nietzsche-Interpretationen, das Kind das in ursprünglicher Selbstverständlichkeit ‚aus sich rollende Rad', das in seinem nicht von Zweifeln belasteten Ja zum Leben zum Spiel des Schaffens findet und die unter der Last des Sollens und der angestrengten Eindeutigkeit des Wollens verlorene Welt zurückgewinnt. Das Kind im Künstler. Der Künstler als Kind, mit dem Vermögen ausgestattet, dem Nicht-Können das Können zu *entlocken. Denn Kunst kommt, entgegen der landläufigen Annahme, nicht von Können, sondern von Nicht-Können. Der Künstler ist ein Nicht-Könner. Er hat nur das Vermögen zum Können. Seine grundsätzliche Verfassung ist die, mit leeren Händen dazustehen. Er kann nichts vorweisen. Nicht einmal seine Werke. Denn die gehören ihm nicht mehr. Die haben ihm nie gehört. Er hat sie zwar geschaffen, aber das war einmal, das damals Gekonnte kann er nicht mehr, es steht ihm nicht mehr zur Verfügung. Er verfügt nur über das, was man gemeinhin Entwicklung nennt, Reife, ein seelisches Vermögen, ein Vermögen zum Können, das sich im Lauf seiner Arbeitsjahre angesammelt hat und das, jenseits aller Virtuosität, sich im Vollzug selbst erschöpft. Der Künstler bleibt der ewige Lehrling. Die Meisterschaft wird ihm nur von den Kritikern verliehen. Er selbst kann sich dafür nichts kaufen, denn er weiß, dass alles Können flüchtig ist und er den Weg des Besitzlosen eingeschlagen hat. Aufbruch für immer.*[***]

Mit Norbert Prangenberg habe ich viele Künstlerbücher zusammen gemacht. Das letzte, *Spaziergang mit Rosalie*[****], möchte ich Ihnen gerne schenken. Ich könnte mir vorstellen, dass es Ihnen gefällt. (Im Moment sind Skulpturen von ihm in der Galerie Karsten Greve in Paris, rue Debelleyme (Marais) zu sehen).

Ich schicke Ihnen das Paket aus Paris, weil ich gerade hier Station mache auf dem Weg ins Département Lot zur Walnussernte, die wahrscheinlich schon längst begonnen hat, was bedeutet, dass ich die Nüsse auf ungemähtem Terrain im hohen, von Brombeeren durchsetzten Gras auflesen muss.

Herzliche Grüße
Rolf Steiner

Postskriptum: Noch ein Rezept für eine Walnusspastete:

1 Pfd. Kartoffeln, 1 ½ Tassen geriebene Walnüsse, 1 ½ Tassen Gruyère, 3 Eier, grüner Pfeffer, Basilikum.

Die Kartoffeln mit Schale kochen, dann pellen, stampfen, Walnüsse, Käse, drei Eigelb, grüner Pfeffer (mindestens ein Esslöffel), Basilikum dazugeben, mischen, dann das geschlagene Eiweiß unterziehen, die Masse in eine gefettete, am besten rechteckige Backform geben und bei mittlerer Hitze 40–50 Minuten backen.

* *Am Rand der Erschöpfung reden wir alle in Hauptsätzen.* In: Frankfurter Allgemeine Zeitung, 24.9.2014

** Kümmel, Peter: *„Manchmal hab ich Angst vor mir“*. In: Die ZEIT, 18.9.2014

*** *Aufbruch für immer.* In: Norbert Prangenberg, Zeichnungen und Keramiken, Kulturzentrum Sinsteden 2014

**** *Spaziergang mit Rosalie,* mit Zeichnungen von Norbert Prangenberg, Kettler Verlag, Dortmund, 2014

am 28. Oktober 2014

Lieber Rolf Steiner,
danke für Ihren herbstlich-herzlichen Brief, wie eine Antwort auf – keine Frage. Mein Nussbäumchen ließ in diesem Jahr (3. Fruchtjahr) schon 73 Nüsse kugeln. Ihre Bücher zu und mit Norbert Prangenberg lassen, zusammen mit dem Betrachten, vor allem der Aquarelle (mit Bleistift, Kugelschreiber) das Herz aufleben, wenn auch zugleich mit einer Traurigkeit erfüllen (auch eine Erfüllung?)

Herzlich so –

Ihr Peter Handke

(Ansichtskarte, die mehrere alte, mit Tonschindeln gedeckte, im Grünen liegende Häuser zeigt. Unter dem Foto steht: Le vexin français Wy-dit-Joli-Village. Auf der Rückseite des Briefkuverts ist hinter der Postleitzahl von Chaville der Ortsname in arabischen Schriftzeichen geschrieben)

Köln, 4. November 2014

Lieber Peter Handke,
ich habe im Sommer vergessen diese Postkarte abzuschicken und sie wieder mitgenommen nach Deutschland. Dann habe ich sie im Herbst, als ich zur Nussernte fuhr, wieder mit nach Frankreich genommen und abermals vergessen, sie nach Deutschland abzuschicken, und nun – anscheinend hat sie endlich ihren wahren Adressaten gefunden – schicke ich sie, die Französische mit dem Dalí-esken Motiv, versehen mit zwei Briefmarken – betäubt vom Duft der Maiglöckchen, sieht Europa, die weitsichtige, Sternchen – aus Deutschland zu Ihnen nach Frankreich, genauer gesagt nach …

Herzliche Grüße,
Ihr Rolf Steiner

14. November 2014

Lieber Peter Handke,
dies ist der Brief zur Postkarte. Nachdem ich die Maiglöckchen-Briefmarken auf sie geklebt hatte, erschien sie mir plötzlich so nackt und bloß und ich befürchtete, sie könnte vielleicht verloren gehen, und es wäre besser, sie in einen Umschlag zu stecken, so wie Sie das mit Ihrer Karte aus dem Vexin français, die Sie an mich geschickt, getan haben. Andererseits ist die Karte schon frankiert und soll nach all den Verzögerungen endlich ihren eigenen, ihr gemäßen, postalischen Weg gehen. Und so lasse ich das mit dem Umschlag, werfe aber gleichzeitig mit ihr diesen Brief in den Briefkasten, den ich Ihnen sowieso habe schreiben wollen, sozusagen als Begleitschutz, ob-

wohl ich nicht weiß, ob Karte und Brief den gleichen Weg nehmen und gleichzeitig ankommen werden.

Also, vielen Dank für Ihre Karte. Ihr Nussbaum scheint ja kräftig zu gedeihen im Gegensatz zu meinen. Die Ernte war, auf Französisch gesagt: merde, miserabel, und ich weiß nicht genau, woran es lag. Nur, dass ich viel zu spät gekommen bin, was an den in diesem Jahr sehr spät beginnenden Herbstferien meiner Tochter lag, das weiß ich. Mein Haus liegt mitten im Wald an einem Südhang, es gibt drei Häuser und vier Ruinen, und die französischen Nachbarn, die ständig dort wohnen, sagten, es seien diesen Herbst viele Eichhörnchen unterwegs gewesen, Tag und Nacht oder 24/24, wie es an den französischen Tankstellen zu lesen ist. Aber sie können nicht drei Viertel der Ernte weggetragen und vergraben haben. Meinen Argwohn, dass vielleicht schon jemand auf meinem Gelände gesammelt habe, konnten die Nachbarn nicht bestätigen, es wäre auch ziemlich unwahrscheinlich, da ich das Grundstück nur teilweise gemäht hatte und an vielen Stellen das von Brombeeren durchsetzte Gras hoch stand. In höherem Gras zu sammeln, wird sich so schnell nicht jemand antun. Es bleibt also ein Rätsel.

Gegen die Eichhörner muss ich nächstes Jahr auf jeden Fall zu Felde ziehen, aber wie? Eichhornscheuchen aufstellen, aber wie sollten die aussehen? Mit Fratzen versehene Kürbisse in jeder Astgabel?

Vielleicht sollte ich mal einen „Versuch über den Nussnarren", den Walnussnarren, schreiben. Nein, ich bin zwar vernarrt in sie und sehe mich gern als Nussbauern, und das Sammeln ist trotz des Bückens eine herrliche monotone Tätigkeit, aber das nur vor dem Hintergrund des Schreibens und des Bildnerischen Werkens.

Ich habe dann im Tal bei einem Bauernhof gesammelt, um auf mein normales Quantum – 120 Kilogramm – zu kommen, das ich jedes Jahr meinem Großhändler in der Eifel abliefere. Früher habe ich die Nüsse an die Kooperative in Bretenoux abgeliefert, wo ich jedoch nur drei Francs das Kilo bekam.

Diese Nuss-Verbindung besteht jetzt im 16. Jahr, und es ist jedes Mal aufs Neue ein Vergnügen, nach Ankunft in der Eifel das Ritual des Ausladens und Ausbreitens – les noix sont arrivées – zu begehen. Der Empfänger steht bereits mit sozusagen triefenden Lefzen in der Tür, die Säcke werden durchs Fenster gereicht und dann in einem extra dafür leergeräumten Zimmer mit Fußbodenheizung (die Nüsse sind erst halbtrocken) ausgeschüttet. Dann entsteht ein je nach Erntevolumen 20 bis 30 Quadratmeter großer Nussteppich, ein in vielen Braun- und Grautönen changierendes Bild, das die vorangegangene Erntearbeit noch einmal aufleben lässt und sinnfällig macht. Eigentlich sollte ich es, so stolz, wie ich dann bin, signieren, indem ich mit einem schwarzen Filzstift meine Unterschrift auf die braunen Terrakottafliesen setze.

Im Gegensatz zur Nuss- war die Pilzernte sehr gut. Pfifferlinge, Riesenschirmlinge, Steinpilze, Maronen und Herbsttrompeten, im Französischen Trompette de la Mort, gab es, insbesondere von letzteren, im Überfluss. Wenn ich diese anschaue, wie sie so zahlreich, in kleinen Gruppen, die Waldabhänge bevölkern, schaue ich nicht dem Tod ins Auge, sondern einer herrlichen Mahlzeit entgegen.

Falls ich zwischen Weihnachten und Neujahr in Paris bin, stelle ich Ihnen wieder eine Tüte hinters Gartentor.

Ich hoffe, ich habe Sie nicht gelangweilt mit meinem Bericht und meine Briefe sind keine Belästigung für Sie.

Herzliche Grüße
Rolf Steiner

Köln, 14. Mai 2015

Lieber Peter Handke,
anbei eine Fotocollage aus meiner 60-teiligen Wandarbeit *Portrait des Künstlers als**. Die Collage hat den Titel: *Portrait des Künstlers als in die Niemandsbucht vertiefter Buchvertiefer*

Die Wandarbeit gibt es in einer kurzen (ca. 60 Titel) und einer langen Version. Die Titel sind den Bildern nicht direkt zugeordnet, so dass der Betrachter die Zuordnung nach eigenem Gutdünken herstellen kann, wobei ihm eine eingeschweißte Liste aller Titel zur Verfügung steht, mit der er vor der Wand auf- und abgehen kann.

In den beim Trödler gekauften Rahmen steckten teilweise noch Bilder oder Fotografien, die ich dann versucht habe, in meine Fotos zu integrieren. Zu dem Rahmen mit der Urkunde der Lesegesellschaft fiel mir die Figur eines Lesers ein, der sich auf außergewöhnliche Weise, indem er derart ins Buch vertieft ist, dass er es auch auf der Straße nicht aus der Hand legen kann und einen Blindenstock benötigt, um die Gesellschaft verdient gemacht hat.

Auch gefällt mir die im Titel angesprochene Rolle des Lesers als Buchvertiefer, womit ich jedoch nicht andeuten will, dass die Niemandsbucht seicht sei und eine Vertiefung nötig hätte.

Herzliche Grüße aus dem sonnigen Köln
Rolf Steiner

* Der Titel hat sich geändert in: *Der Hirte der Illusion. Portrait des Künstlers als*. Ausgehend von dem Joyce'schen Buchtitel *A Portrait of the Artist as a Young Man* entstanden im Lauf von zwei Jahren über hundert fotografische Selbstportraits.
Im freien Spiel der Kräfte, im Ringelrein von Versuch und Irrtum kommt eins zum anderen: der Rahmen zu seinem Foto, das Foto zu seinem Text, der Titel zu seinem Foto, der Text zu seinem Rahmen, und so fort.

Die Rahmen stammen aus zweiter Hand, sei es vom Sperrmüll, von einer Haushaltsauflösung oder vom Altwarenhändler. Zu einem Drittel rahmen sie bereits, bevor ihnen ein neuer Inhalt zugedacht wird, Kunstdrucke, Fotos, Urkunden, röhrende Hirsche und Zigeunerinnen, die jedoch, so lautet das Gesetz des Reigens, nicht entfernt werden dürfen, sondern mit dem jeweiligen, für den Rahmen bestimmten Portrait des Künstlers zu arrangieren sind.

Köln, 1. September 2015

Lieber Peter Handke,
ich hoffe es geht Ihnen gut und Sie sind guter Dinge. Ich habe soeben Ihr letztes Buch *Die Unschuldigen, ich und die Unbekannte am Rand der Landstraße** gelesen, das mir sehr gut gefallen hat. Die Landstraße zu einem Schauplatz zu erheben, spricht mir aus dem Herzen. Eine wenig oder nicht mehr befahrene Straße hat etwas Unwirkliches, da sie zwecklos geworden ist, ein Band der Abwesenheit, das sich durch die Landschaft schlängelt. Von ihr geht Ruhe und Stillstand aus. Mir geht es oft so, dass ich mein Ohr auf den Asphalt legen möchte, um zu hören, wann das nächste Auto kommt, ob noch heute oder erst morgen.

Anbei schicke ich Ihnen den Essay *Der Schwarze Turm*, den ich Ihnen, zusammen mit Raymond Roussel, gewidmet habe und von dem ich mir vorstellen könnte, dass er Sie interessiert.

Der Text soll in einer Normal- und einer Künstlerbuchausgabe erscheinen. Die Künstlerbuchausgabe sieht folgendermaßen aus: Die mit einer mechanischen Schreibmaschine getippte Textfassung aus dem Jahr 2010 durchwandert – von hinten nach vorne – die in einem mittleren Grauton gedruckte, letztgültige Textfassung aus dem Jahr 2015. So entsteht eine aus den Originalblättern zusammengesetzte *Bild*fassung des Buches, von der im Faksimile-Verfahren eine Auflage von elf Exemplaren gedruckt wird.

Ich lege Ihnen einen Entwurf bei, damit Sie sich ein Bild machen können. Eines der Exemplare möchte ich Ihnen schenken.

Und nun habe ich eine große Bitte, sozusagen einen Herzenswunsch, an Sie: Im *Schwarzen Turm* ist oft von Ihren Büchern die Rede, Ihre Person als Schreiber verkörpert viele Tugenden, von denen im Text gesprochen wird, und so kam mir letztens die Idee, ein Gespräch mit Ihnen zu führen über Ihren Umgang mit Büchern: welche Bedeutung das Buch für Sie als haptisches Objekt hat, wie ein Buch Sie in Bann schlägt, vor allen Dingen, wie die Welt beschaffen ist, in die ein Buch den Leser (ent)führt, welche Art der Versunkenheit es ihm, im Vergleich zu Film und Bildender Kunst, beschert. Falls Ihnen die Idee gefällt, würde ich das Gespräch als letztes Kapitel, sozusagen als ‚Handke Kapitel', dem Text anfügen.

Ich könnte zu jeder Zeit dorthin kommen, wo es Ihnen passt, das Gespräch zu führen, sei es in Patagonien (dann käme ich endlich mal dorthin) oder in Ihrem Haus in Chaville, das ich ja schon einmal gefunden habe (ich mache Ende September Station in Paris auf dem Weg zur Walnussernte im Lot).

Herzliche Grüße

Rolf Steiner

* *Die Unschuldigen, ich und die Unbekannte am Rand der Landstraße. Ein Schauspiel in vier Jahreszeiten.* Suhrkamp 2015

am 27. Oktober 2015

Lieber Rolf Steiner –

Ja, meine Papierphobie – jäh – so dass ich Briefumschläge wegwerfe. Dank meines alten Freundes Friedhelm Maye aus Cologne aber …*

Gern denke ich an Ihren Besuch eines Tages, vor allem nach dem Hinein- und Hinauslesen in und aus Ihrem Siebenmeilentext über dies und vor allem jenes. Aber in diesen Wochen bin ich tief in einem Tun – wenn's auch „nur" ein Sortieren, Wühlen, Lassen, Kopieren ist. Anfang nächsten Jahres? – Und Nachsicht für meine Schrift – rechte Hand gebrochen – nicht beim Ernten der 33 heuer ganz kleinen Nüsse.

Und so grüßt Sie
Peter Handke

* Zur Erklärung: Anfang Oktober, als ich von der Nussernte zurückgekehrt war und meinen Anrufbeantworter abhörte, war da die Stimme eines Mannes, der sagte, er sei der Regieassistent von Peter Handke und habe ihn soeben in Chaville besucht. Handke habe ihn auf mich angesprochen, er, Handke, habe meine Adresse verloren und wolle mir schreiben, ob ich sie noch einmal schicken könne …

Köln, den 6. November 2015

Lieber Peter Handke,
ich habe mich sehr über Ihre Einladung gefreut. Ja, ich komme gerne Anfang des Jahres, warum nicht gleich in der ersten Januarhälfte, wenn es Ihnen recht ist.

Sollen wir dann vorab Tag und Uhrzeit festlegen? Ich bin ziemlich beweglich und kann, wenn es sein muss, alles Stehende liegen und alles Liegende stehen lassen.

Im Gegensatz zu Ihrer Nussernte – Sie schrieben, es wären um die 33 Nüsse gewesen – war die meine dieses Jahr sehr gut, nach zwei schlechten Jahren in Folge. 165 Kilo! Das macht, wenn man ein Durchschnittsgewicht von 5 Gramm pro Nuss veranschlagt – ich habe eben eine Durchschnittsnuss mit der Küchenwaage gemessen –, 200 Nüsse pro Kilo, und das mit 165 malgenommen ergibt: 33.000 Nüsse. So viel!? Das kann ich gar nicht glauben, aber wenn ich die Anzahl auf die geleisteten Sammelstunden verteile – über einen zweiwöchigen Zeitraum jeden zweiten Tag zwei Stunden reines Sammeln, dann wären das ..., ja, dann wären das über 2000 Nüsse pro Stunde..., das kann ich noch weniger glauben. Irgendetwas stimmt nicht an meiner Rechnung. Hat ein Kilo tatsächlich tausend Gramm? Allmählich bezweifle ich das, schaue im Lexikon nach: ja, es stimmt. Dabei erfahre ich, dass das Urkilo fast vor Ihrer Haustür, in Sèvres, in einem Tresor des Internationalen Büros für Maß und Gewicht aufbewahrt wird.

Nun gut, Schluss mit Nuss, ich lasse meine Rechnung auf sich beruhen – nicht dass Sie denken, ich sei ein Erbsenzähler –, das Sammeln der vergleichsweise riesigen Nuggets des hellbraunen Goldes ist jedenfalls eine schöne Beschäftigung, der ich seit zwanzig Jahren jeden Herbst gerne nachgehe.

Ich lege dem Brief noch ein Faltblatt* bei (vielleicht habe ich es Ihnen schon mal geschickt), das ich vor Jahren einmal für meine Kunden gemacht habe, und bringe Ihnen Anfang des Jahres ein Kilo Nüsse – wie viele das auch immer sein mögen – mit.

Herzliche Grüße
Rolf Steiner

* Das Faltblatt zeigt in einer Collage die in den Umrissen Frankreichs ausgeschnittene Landkarte des Département Lot, auf der der Weiler Lavaur Delbos markiert ist. Des weiteren zwei Fotos, zum einen das aus Bruchsteinen gemauerte Haus, zum anderen die auf übereinander gestapelten Rosten trocknenden Walnüsse mit zwei davor postierten Ventilatoren. Zwischen Fotos und Landkarte mehrere auf weißem Grund freigestellte Nüsse und der Textaufdruck: ungeschwefelt, ungewaschen, ungedüngt. Geerntet im französischen Südwesten, dort, wo sich der Toulouse'sche Längen- und der Bordeaux'sche Breitengrad schneiden.

Köln, 27. Februar 2016

Lieber Peter Handke,
ich schicke Ihnen einige Kopien der Künstlerbuch-Version des *Schwarzen Turms*. Ich möchte Sie fragen, ob ich Ihren Brief im Wechsel mit meinem an Sie gerichteten veröffentlichen darf, im Anhang des Buches, in dem sich auch noch zwei Partiturseiten eines Musikstücks finden, das Ramón Gorigoitia, ein chilenischer Komponist, für den *Schwarzen Turm* schreibt. Abgesehen vom Inhalt ist für mich ein handgeschriebener Brief sowie eine Partitur ein ästhetisches Vergnügen, das den Schreibmaschinentext bereichert.

Ich kann Ihnen die kompletten Buchseiten zeigen, wenn wir unser für den Jahresanfang geplantes Gespräch führen. Mittlerweile sind zwei Monate ins Land gegangen und der Jahresanfang neigt sich seinem Ende zu, deshalb noch einmal die Frage, wann Sie Zeit hätten ...

Herzliche Grüße
Rolf Steiner

am 17. März 2016

Lieber Rolf Steiner –
Kein anderes Papier mehr im Haus.*

Ich halte Sie ganz lange schon hin.

Aber es gab gar zu vieles in der letzten Zeit – oder gar zu weniges?

Sollten Sie immer noch vorbeihören wollen – vielleicht also Anfang April – danach verschwinde ich im „Landesinneren".

Tel. v. 10-11 0033...

In nicht wenigen Nüssen Würmer (nicht in denen des Gartens hier – die sind zu klein für Würmer?).

So grüßt Sie
Peter Handke

* Zur Erklärung: Das Din-A4-Blatt weist auf der rechten oberen Ecke einen stufenförmigen Einschnitt auf, auf den ein Pfeil deutet.

In der Niemandsbucht

1

Es ist der falsche Bahnhof. Nicht in Chaville Rive Gauche hätte ich aussteigen sollen, sondern in Chaville-Vélizy. Nun gut. Ich habe Zeit, mehr als genug. Bis zu meiner Verabredung sind es noch zwei Stunden, und die beiden Bahnhöfe liegen nur zehn Wegminuten auseinander. Da der Hauptausgang gesperrt ist, muss ich den Hinterausgang nehmen, der auf die rue des Huit Bouteilles geht. Ich gehe die Acht-Flaschen-Straße hinunter und mir ist, als stellten sich die Flaschen am Straßenrand in Reih und Glied auf und bereiteten mir, während ich ihre Parade abnehme, einen klangvollen Empfang, indem sie nacheinander die Korken knallen lassen. An der Kreuzung erregt zur Rechten eine Unterführung mit ihren gesprühten Wandbildern meine Aufmerksamkeit. Auf der gegenüberliegenden Straßenseite ist ein Flugzeug zu sehen, und auf der diesseitigen, wenn ich das Bild, groß wie eine Kinoleinwand, aus nächster Nähe recht entziffere, ein Rennwagen – eine Hommage an den Konstrukteur Marcel Riffard, der in Chaville gestorben ist. Das Städtchen trägt übrigens den Beinamen ‚Grüne Tür von Paris', wie auf jedem Ortseingangsschild vermerkt ist. Der Mann, zu dem ich unterwegs bin, hat es in Schabylia, Sevilla, umgetauft, und die vielfach bewaldete Gegend, die sich zwischen Sèvres und Versailles erstreckt, nennt er ‚Niemandsbucht'.

Ich kehre um, lasse die Unterführung hinter mir und schlage die Richtung des Bahnhof Vélizy ein. Es ist der 13. April, kein Freitag, sondern ein Mittwoch. In der Nacht hat es geregnet, und nun ist der Himmel reingewaschen, vor allem das Weiß der über die Niemandsbucht hinwegziehenden Wolkenberge, die mir für einen Augenblick, für den Moment des Aufschauens, vorkommen, als würden sie an einem Band von rechts nach links gezogen.

Nach fünf Minuten erreiche ich den Bahnhofsvorplatz. Er ist vom Bahndamm und dem an ein mehrstöckiges Wohnhaus erinnernden Bahnhofsgebäude auf der einen, einer Brasserie und mehreren kleinen Läden auf der anderen Seite sowie einem rund gemauerten Gebäude am oberen Ende eingerahmt, und es kommt mir vor, als liefe ich nach wochenlangem Unterwegssein in einen Hafen ein.

Die wenigen Tische vor der Bar de la Rotonde sind alle besetzt. Soll ich warten, bis einer frei wird? Ich habe Zeit. Auf dem Platz herrscht eine aufgeräumte Stimmung. Zwischen den Ständen eines kleinen Wochenmarkts verlieren sich einige wenige Kunden. Ah, da ist der Blumenladen, an dem ich vor langer Zeit um einige Klebestreifen und eine Plastiktüte bat, es gibt ihn also noch. Und da ist die Brasserie Les trois Gares – sie gibt es also auch noch –, in der ich mein Manuskript zu einem wasserfesten Bündel schnürte, um es demjenigen, der mir in zwei Stunden leibhaftig gegenüber stehen wird, hinter das Gartentor zu stellen. Elf Jahre sind seitdem ins Land gegangen!

Auf dem Trottoir vor der Brasserie stehen drei kleine unschuldige Tische, die, so will mir scheinen, noch in ihre Rolle, die das bis jetzt nur dem Kalender nach begonnene Frühjahr für sie bereithält, hineinwachsen müssen. Da keiner der Gäste der Rotonde den Eindruck macht, bald seinen Platz zu verlassen, nehme ich das schüchterne Angebot der drei Tische an, setze mich und bestelle einen Kaffee. Die Sonne wärmt, doch wenn sie hinter einer Wolke verschwindet, wird es kühl. *Le nouveau chef vous propose sa cuisine de terroir* steht auf einem Spruchband, das über den Fenstern der Brasserie gespannt ist: Der neue Chef serviert Ihnen seine Terror-, nein, seine regionale Küche (Freud'scher Verseher). Der Werbesatz ließe sich auch, sofern man die Chefküche als wenig schmackhaft kennengelernt hat, auf die folgende Weise übersetzen:

Der Chef terrorisiert mit seiner Küche den ganzen Landstrich.

Gedanken und Wortspiele dieser Art, und auch Kalauer, ich will es nicht verhehlen, durchziehen oft mein Hirn, wenn ich zu früh zu einer Verabredung komme, mich also verfrüht habe, und sich eine Wartezeit auftut oder genauer gesagt: mir eine Zwischenzeit zuteil wird, die es nicht totzuschlagen, nicht zu überbrücken gilt, im Gegenteil, in der die Zeit zum Raum aufblüht, die Dinge ihre Schlupflöcher verlassen, man selbst außer sich gerät und hin und wieder Selbstgespräche führt.

Wartest du noch oder lebst du schon?

Ich lebe, nein, ich lasse die Wartezeit hochleben, schreibe ihr ein Loblied, flechte ihr einen Kranz aus Strichpunkten ins Haar, bin das Hölzchen, das auf's Stöckchen kommt ...

Ich dachte, die Wartezeit könne als eine besondere Zeit nur dann fruchten, wenn sie einem unverhofft zuteil wird, wenn sie in den Schoß fällt, wenn sie eine Lücke reißt, aber das ist bei dir nicht der Fall, du hast die Wartezeit ja von vornherein eingeplant, indem du bewusst viel zu früh hierher gekommen bist. Verliert sie damit nicht ihre Kraft?

Nicht unbedingt. Du siehst ja, dass es funktioniert: Kaum, dass ich mich gesetzt habe, tauchst du auf und ziehst mich in ein Selbstgespräch hinein, das ist der beste Beweis. Auch dem vorsätzlichen Warter schlägt keine Stunde.

Aber besteht die Kunst nicht darin, die Wartezeit so weit zu dehnen, dass man das zu Erwartende aus den Augen verliert, dass man wartet ohne zu erwarten?

Du willst also der Wartezeit, kaum dass sie angebrochen ist, bereits das Ziel der Ziellosigkeit überstülpen?

Angebrochen? Hat sie nicht schon vorgestern, als wir in Paris ankamen, begonnen?

Oder sechs Stunden früher, als ich in den Fernbus stieg?

Oder als dir unser Schriftsteller ...

Sag nicht ‚unser Schriftsteller', wir wollten ihn doch bei seinen Beinamen nennen, so wie Homer Odysseus den ‚Helmumflatterten', den ‚stillen Dulder', den ‚Argosbesieger', den ‚Erfindungsreichen' oder den ‚edlen Laertiad' genannt hat.

Welche Beinamen hatten wir denn ausgesucht?

Der ‚Kärntner Querfeldeingeher', der ‚Pilznarr', der ‚Empfängliche', der ‚Niemandsbuchtler', der ‚ErGRIFFENe', der ‚Unwillige', der ‚noch und noch Preisgekrönte', der ‚Holunderkönig' und jetzt, neu hinzugekommen: der ‚Baumschattenwanderer' ...

Dann sollten wir uns aber auf *einen* Beinamen einigen, sonst klingt das zu gekünstelt, denn weder befahren wir die Ägäis, noch sind wir Spielball der Götter.

Einverstanden. Wie wär's mit ‚Holunderkönig'?

Habe ich auch gerade vorschlagen wollen, so hast du ihn ja auch in deinem Bericht über die Suche nach seinem Haus genannt. Und dann würde ich vorschlagen, dass wir den Beinamen noch bis auf den Anfangsbuchstaben kürzen, des besseren Textflusses wegen, einfach ‚H' ohne Punkt. Sein Nachname beginnt ja auch mit einem ‚H'.

In Ordnung.

Ich beginne also noch einmal da, wo du mich unterbrochen hast: Oder hat die Wartezeit bereits begonnen, als dir H das letzte Mal geschrieben hat?

Oder bereits im vergangenen Sommer, als ich ihm das Manuskript des *Schwarzen Turms* und einen Brief geschickt habe mit der Bitte um ein Gespräch über die Welt der Bücher und des Lesens?

Oder gar schon vor elf Jahren im Sommer, als du ihm den Suchbericht, wie er ihn genannt hat, gut verpackt hinters Gartentor gestellt hast?

Jetzt lass aber die Kirche im Dorf! Einigen wir uns darauf, dass die Wartezeit vorgestern, nachdem du den Fernbus bestiegen hast, begonnen hat, das ist lange genug!

2

Ich hatte mal wieder den besten Platz ergattert, in der vordersten Reihe im oberen Stock des Fernbusses, nein, nicht ergattert, er wurde mir ohne Anstrengung zuteil, der Bus war so gut wie leer. H's letzte Bücher, *Tage und Werke* sowie *Vor der Baumschattenwand nachts. Zeichen und Anflüge von der Peripherie 2007–2015* befanden sich in meinem Gepäck. Mit ihnen wollte ich mich einstimmen auf den Besuch bei ihm und mir noch einige Stichworte machen zu dem, worüber ich ihn befragen, ihn interviewen, mit ihm ein Gespräch führen wollte, wie auch immer.

Nach einer knappen Stunde erreichte der Bus die belgische Grenze und fuhr im Schritttempo durch einen abgesteckten Slalomparcours. Ein Dutzend Polizisten standen, die Maschinenpistole im Anschlag, neben der Fahrbahn, und starrten in die vorüberfahrenden Fahrzeuge. Eines hatten sie herausgewinkt in eine provisorische Parkbucht. Der Terroranschlag von Brüssel lag noch nicht allzu lange zurück. Beim Anblick der kriegerischen Szene fiel mir der Film *Von Menschen und Göttern* ein, den ich gestern gesehen hatte und der im Kloster Notre-Dame de l'Atlas im algerischen Atlas-Gebirge spielt. Dort leben neun Trappisten-Mönche in friedlicher Nachbarschaft mit der vorwiegend muslimischen Bevölkerung. Als radikale Islamisten alle Ausländer auffordern, das Land zu verlassen, und bald eine Gruppe kroatischer Arbeiter niedermetzeln, stellt sich für die Mönche die Frage, ob sie bleiben oder gehen sollen. In diesem Zusammenhang zitiert ein Mönch den Satz von Pascal: *Die Menschen tun Böses nie so ausgiebig und aus Überzeugung, als wenn sie es aus religiösen Gründen tun.* Von meiner erhöhten Warte, meiner Loge, konnte ich den Checkpoint gut überblicken, und im langsamen stummen Vorübergleiten geriet er fast zu einem Bühnenbild. Und nicht nur das, auf dem Hintergrund des Films, dessen Bilder noch frisch in mir wirkten, riefen mir die abweisenden Mienen und die martialische Körperhaltung der Polizisten – welch Gegensatz zu den Umgangsformen der Mönche, die sich zur Begrüßung gegenseitig mit der Stirn berührten – ins Gedächtnis, dass es auch noch die Welt da draußen gab, die nicht aus Poesie und Literatur besteht, sondern aus Gewalt und blankem Entsetzen. Aber ist sie, weil sie die im Moment vorherrschende ist, auch die einzig wirkliche?

Wenig später kam ich mit meinen Nachbarinnen, zwei jungen Frauen, die auf der anderen Seite des Mittelganges saßen, ins Gespräch. Beneidenswert, sie fuhren zum ersten Mal nach Paris und hatten noch all die vom Staunen beschwingten Wanderungen, die die Pariser Straßen für sie bereithielten, vor sich. Ob ich ihnen einen Tipp geben könne, was sie sich anschauen sollten?

Zuallererst die Santé, sagte ich.

Nie gehört. Was ist das, eine Kirche?

Oh nein, ein Gefängnis.

Ein Gefängnis?? Warum sollten wir uns ein Gefängnis anschauen?

Weil das Gefängnis zu den wichtigsten Sehenswürdigkeiten einer Stadt gehört. Ich gehe immer, wenn ich mich mehrere Tage in einer fremden Stadt aufhalte, als Erstes dorthin, falls noch eines existiert innerhalb der Stadt. Meist sind sie ja heutzutage an die Peripherie gerückt. Aber nur mitten in der Stadt, als offene Wunde sozusagen, entfalten sie ihre volle Wirkung.

Die beiden Frauen wechselten verständnislose Blicke.

Ein Gefängnis ist ein mythischer Ort, fahre ich fort, aus seinen vergitterten Fenstern strahlt die dunkle Energie der Grenzüberschreitung. Hunderte, wenn nicht gar tausende Verbrecher leben auf engstem Raum. Eine geheimnisvolle Welt, die sich da hinter hohen Mauern verbirgt, ein Ort der Verdammnis, eine ‚Zone', in der andere Gesetze herrschen, ein Ort der Verdichtung von dunkler Materie, ein schwarzes Loch inmitten einer Stadt.

Ich hielt inne. Auf den Gesichtern der beiden Frauen war unschwer zu erkennen, dass sie mich für einen wunderlichen Kauz hielten. Um diesen Eindruck nicht noch weiter zu vertiefen, schlug ich ihnen dann eine der herkömmlichsten aller Pariser Sehenswürdigkeiten vor: Nehmt die Metro zum Trocadéro, geht zum Palais de Chaillot, dort erwartet euch einer der schönsten Weitblicke, die Paris zu bieten hat, auf den Eiffelturm, der mit seiner ungeheuren luftigen Größe noch jeden zum Aufschauen gebracht hat.

3

Was meinst du, soll ich mich ein wenig von der Chefküche terrorisieren lassen?

Besser nicht, H hatte am Telefon vorgeschlagen, essen zu gehen, und so solltest du dir nicht den Appetit verderben.

In seiner Gegenwart bekomme ich sicherlich nichts hinunter.

Glaubst du, dass er so sein wird, wie du ihn dir vorstellst?

Welch unsinnige Frage! Hast du vergessen, dass wir uns in der Wartezeit befinden? Merke: Nur derjenige ist ein großer Warter, der ein kleiner *Er*warter ist!

So bin ich halt ein kleiner. Es reicht ja, wenn du ein großer bist.

Dann halte deine Erwartungen gefälligst auf Sparflamme, lass sie höchstens deine Wartezeit grundieren. Wartezeit als Bereitschaft sich ent-täuschen zu lassen. Es kommt, wie es kommt. Und kommen tut immer was ...

... da kommt eine Krähe geflogen und pickt sich in unsere Nähe, und da kommt ein älterer Mann mit Einkaufstasche, aus der einige Lauchstangen ragen, und da zieht eine Wolke die andere nach sich, und da kommt der Kioskbesitzer ...

... den ich eben noch, bevor ich mich am Tisch niederließ, nach Postkarten von Chaville gefragt habe ...

... und geht mit einem kurzen Lächeln an unserem Tisch vorbei und verschwindet in den ‚drei Bahnhöfen' ...

und da kommt ein Vogel geflogen,
setzt sich nieder auf mein' Fuß
hat ein' Zettel im Schnabel,
von der Mutter ein' Gruß,

... und da kommt der Kioskbesitzer schon wieder zurück, bereits nach einer Strophenlänge, mit einem Espresso in der Hand, hält inne, als er die *Baumschattenwand* auf dem Tisch liegen sieht.

Oh, ist das neu?

Oui, antworte ich und spüre, wie mir der letzte der drei Vokale des französischen Ja-Wortes meine gespitzten Lippen auseinanderzieht.

Er hat ein Buch über die Gegend geschrieben, erklärt der Kioskbesitzer, *Mon année dans la baie de Personne,* er wohnt nicht weit von hier.

Sie kennen ihn persönlich?

Er kauft ab und zu eine Zeitung, wir wechseln ein paar Worte, ein Lächeln, mehr nicht. Ich war früher Buchhändler und habe seine Publikationen verfolgt: *L'Angoisse du gardien de but au moment du penalty par les villages le poids du monde l'heure de la sensation vraie la femme gauchère la Nuit Morave la Grande Chute Essai sur le Lieu Tranquille ...*

Während er die Titel in rascher Folge, ohne Punkt und Komma, herunterbetet, gelingt es mir, einige Wörter, die in meinem inneren Ohr den jeweiligen deutschen Titel anklingen lassen, herauszufiltern, und mir wird das Wesen einer Übersetzung bewusst, wie ein fremdes in ein muttersprachliches Wort übergeht, als wären sie füreinander mehr oder weniger passgenaue Hülsen, als schöbe sich das eine in das andere. Und weiter wird mir deutlich, welch sorgsame Behandlung ein gewissenhafter Übersetzer den Wörtern beider Sprachen angedeihen lässt: Ich stelle ihn mir als eine Art Weinkellermeister vor, der in seinem Keller, in dem die Worte eines Buches, ähnlich Weinflaschen, in Fächern gelagert sind, jedes einzelne Wort mit Samthandschuhen in eine Hülle schiebt, die er dann zurück ins Fach legt, um sie in den nächsten Wochen jeden Tag einige Zentimeter zu drehen, so wie es sich für eine sorgsame Flaschengärung gehört. Wochen später dann schlüpfen die Schmetterlinge der Übersetzung.

Der Kioskbesitzer hat seine Titelaufzählung beendet und legt das Buch zurück auf den Tisch.

Sie waren früher Buchhändler, sagen Sie, hatten Sie die Buchhandlung oben auf der Hauptstraße?

Genau.

Dann war ich schon mal in Ihrem Laden, vor zehn Jahren, ich habe Sie damals gefragt, ob Sie wüssten, wo Peter Handke wohnt. Inzwischen weiß ich es. Ich werde ihn gleich treffen.

Arbeiten Sie über sein Werk?

Nein, es arbeitet in mir.

4

Kurz vor Lüttich begann es zu regnen. Der Bus glitt dahin, nichts konnte ihn aufhalten. Bald war die Frontscheibe mit Wassertropfen übersät. An ihrem seitlichen Ende, dort, wo sich die Scheibe wölbte, fand ein faszinierendes Schauspiel statt: Vom Fahrtwind erfasst, kam Bewegung in die Tropfen. Hatten sie vorher zitternd ihre Stellung gehalten, wurden sie nun die Scheibe entlang getrieben, verwandelten sich in waagrechte, wässrige Striche, die auf dem Weg zum Ende der Scheibe immer dünner wurden, bis ihr Wasservorrat zur Neige ging und nur noch ein silbern schimmernder Punkt von ihnen übrig blieb. Über die ganze Höhe der Scheibe kamen immer wieder neue Tropfen in Fahrt, um ein sich stets wandelndes Muster aus parallelen Strichen auf die Windschutzscheibe zu zeichnen. Ich war von dieser Wind- und Regenzeichnung derart gefesselt, dass ich es bedauerte, als es aufhörte zu regnen. Es war nur ein kurzer Schauer gewesen, und bald lagen die Kegel der Abraumberge um Liège wieder im Sonnenlicht. Ich schlug *Tage und Werke* auf. H's vorletztes Buch enthält eine Vielzahl von Begleitschreiben (im Unterschied zu Kritiken), die er Büchern, die ihm am Herzen liegen, mit auf den Weg gegeben hat, um *das Lesen weiter(zu) geben. Es zumindest* (zu) *versuchen, wieder einmal, noch einmal, zu guter Letzt,* so steht es programmatisch auf der Rückseite des Buches. Und auf der ersten Seite ist unter der Überschrift *Statt eines Vorwortes* zu lesen: *Gestern, am Sonntagabend, dem 12. Oktober 2014, ist mir eine besondere Schönheit ‚begegnet', nicht ‚angekommen', wie NOFRETETE, sondern mir begegnend als Schönheit zugleich mich bewegend: Da stieg ich auf gut Glück in den Vorortzug nach Versailles, und mit mir im ziemlich leeren Abteil, da und dort, saßen drei eher junge Männer. Und sie alle drei lasen. Und sie lasen ein jeder ein Buch, und es war das jeweils ein ernstes Buch – es war, Schönheit der Bücher wie der drei Leser, offenbar die alte, die* ernste, *die ewig neue Literatur. Und es wurde so im Waggon Raum, wie selten ein Raum.*

Ich blickte auf. War das nicht schon eine Antwort auf eine der Fragen, die ich H würde stellen wollen, nämlich, was das Wesen des Lesens sei?

Als eine hügelige, mit Kopfweiden bestandene Wiesenlandschaft vorüberzog, die Weiden wie schwarze Keulen aus dem Grün herausragend, öffnete ich *Vor der Baumschattenwand nachts.* Das Buch war erst vor wenigen Tagen erschienen und knarzte beim Aufschlagen wie ein alter Lederschuh. Ich klappte es wieder zu, um es gleich noch einmal zu öffnen und das Geräusch erneut zu hören. Dann schlug ich es wieder und wieder auf und zu, und jedes Mal knarzte es laut hörbar im Schritt, falls man den Falz so nennen darf. Meine Nachbarinnen bemerkten mein Spiel und lachten.

Schließlich begann ich zu lesen und stieß bereits nach den ersten drei Seiten auf eine Aussage zum Wesen des Lesens: *Was hieß Lesen? Zum Beispiel: „Sonnengeruch stieg aus dem Buch.“* Und so kam mir der Gedanke, dass, falls unser in zwei Tagen anberaumtes Gespräch dieses Thema nicht berühren würde, ich bereits im Vorhinein die Busfahrt sowie meinen Aufenthalt in Paris dazu nutzen könnte, seine Gedanken zu diesem Thema aus seinen beiden letzten Büchern in Form von Zitaten herauszusuchen oder, anders gesagt: mich von seinen Gedankensplittern, den wie im Selbstgespräch entstandenen kurzen Dialogen, den auf den Punkt gebrachten Beobachtungen, kurz den in der *Baumschattenwand* geschilderten ‚Anflügen‘, anfliegen zu lassen. Und was könnte dafür einen besseren Hintergrund abgeben als eine vorüberziehende Landschaft, und das sanfte stetige Dahingleiten eines gut gefederten Busses.

5

Ein junger Mann stellt die Straßensperre, die zu Marktzeiten zum Einsatz kommt, zur Seite, setzt mit seinem Lieferwagen zurück in die vorübergehend verkehrsfreie Zone, parkt den Wagen und stellt die rotweiß gestreifte Barriere wieder an ihren alten Platz. Ein anderer Mann kommt hinzu, gibt ihm zu verstehen, dass der Lieferwagen zu weit in die Straße hineinreiche, so dass er später, wenn der Markt zu Ende sei, zu einem Verkehrshindernis werden könnte, worauf der Fahrer des Lieferwagens nicht verärgert, sondern erfreut reagiert, als sei es ihm ein Vergnügen, dem anderen einen Gefallen zu tun, und den Wagen umgehend neu einparkt. – Wie angenehm, wenn unter den Menschen ein Wohlgefallen ist. Und wie das Wohlgefallen auf mich überspringt, und mein Lächeln den Fahrer zu einem Kopfnicken in meine Richtung ermuntert.

Ich bestelle einen zweiten Kaffee, dieses Mal mit Milch. *Er hat sich die Augen verdorben vom Nicht-Lesen,* steht in der *Baumschattenwand* geschrieben. Welches sind die wahren Leser? Die, die keine Brillenträger sind? Die, die Raum schaffen? Die, denen H im Vorortzug begegnet ist? Oder die, denen ich vorgestern, nachdem ich den Fernbus an der Porte Maillot verlassen hatte, in der Metro begegnet war? Die eine schien geradezu ihr Lesen im Gedränge zu verteidigen, indem sie ihr Buch so hielt, dass die Ecken der beiden Buchdeckel spitz hervorragten und die Umstehenden auf Abstand hielten. Der andere hatte sein Buch auf einer Tasche, die auf seinen Oberschenkeln lag, ausgebreitet und hielt es mit beiden Händen an den

Seiten fest. Ist das Maß der Versunkenheit ein Gradmesser für die ‚Güte' des Lesens? Nicht, wenn ihr Ursprung in einem Gefangen-genommen-Sein, einem Unbedingt-wissen-wollen-wie-es-weiter-geht, einem Kriechen durch die Kanäle des Spannungsgeladenen liegt. Nein, das ‚hochgestimmte' Lesen ist kein lineares Voranschreiten, es geht gleichzeitig hoch und tief und kreuz und quer, kreuzquer und hochtief. Es ist weniger ein sich aus der Welt heraus- als ein in sie hineinlesen, oder genauer: ein Herauslesen aus der Welt des Gut-Gemachten hinein in eine Welt der Anschauung. *‚Lesen' nenne allein jenes, welches dich das Rauschen hören lässt, auch wenn kein Rauschen hörbar ist – und auch wenn du gar nicht tatsächlich liest.*

Die Wolken ziehen und ziehen ...

Ah, da bist du ja wieder, ich dachte schon, du seist abhanden gekommen.

Ich bin immer bei dir, auch wenn ich schweige. Jetzt bewegen sich die Wolken scheinbar eigenständig, nicht mehr kulissenhaft, wie am Band gezogen, hast du das bemerkt?

Ja, eigenständig vom Wind vorangetrieben.

Da kommt mir eine Idee: Was hältst du davon, wenn ich auf unserer kurzen Reise ins lange Land der Wartezeit auch *unsere* ‚Anflüge' notierte? Denn was ist die Wartezeit, wenn ich sie recht verstehe, anderes als eine ‚Anflugzeit', eine Zeit des ‚erhöhten Anflugaufkommens'?

Warum nicht? Dann nenne sie in Anlehnung an die *Baumschattenwand* ‚Anflüge aus der Wartezeit' oder ‚Anflüge von Unterwegs' – 11. April bis 13. April 2016, abgekürzt: AvU.

Und da fliegt mich schon der erste an: *Tätigkeit reiht sich an Tätigkeit. Sage immer, nachdem du eine Tätigkeit beendet hast oder in dir eine Tätigkeit zu Ende gegangen ist, ungeachtet, ob zu dir selbst oder zu anderen: „Ich werde jetzt wieder meiner Tätigkeit nachgehen" – ohne zu wissen, ob sie aus Worten oder Taten bestehen wird.*

6

Gestern, es war der zweite Tag meiner Wartezeit, versüßte ich sie mir – als ob sie nicht selbst schon süß genug wäre – mit einer Radtour durch Paris, einer Literadtur, einer Literatour, denn die *Baumschattenwand* nahm ich mit, als Proviant (sie war mir nach meiner Lektüre im Fernbus unentbehrlich geworden), und legte sie in den Lenkerkorb neben das Butterbrotbaguette. Dann fuhr ich los, zu Beginn entlang des schmalen parkähnlichen Grünstreifens der rue des Arbustes und den dahinterliegenden Hochhäusern, wo sich in den sechziger Jahren des letzten Jahrhunderts die Automobil- und Flugzeugmotorenfabrik Hispano-Suiza, welch klangvoller Name, befunden hatte. Dort wurden luxuriöse Karossen gebaut, die oft in Filmen zu sehen waren, meist in jenen Szenen, in denen chromblitzende Limousinen an Grandhotels der Côte d'Azur vorfuhren und der Wagenschlag von einem Hotelpagen geöffnet wurde.

Von der Straße der Büsche bog ich nach rechts in die rue Raymond-Losserand, bei jeder Bodenwelle hob die *Baumschattenwand* kurz ab und fiel wieder zurück auf das Korbgitter. An der Ecke rue d'Alésia kaufte ich eine Zeitung, um den Korb mit ihr zu polstern. Weiter ging es vorbei am Impasse Florimont, wo George Brassens zwanzig Jahre lang gewohnt und wo man am Eingang des Stichsträßchens ein fast plakatwandgroßes Foto von ihm aufgestellt hat. Es zeigt ihn, wie er, die Gitarre in der Hand, aus dem Impasse kommt. Einige hundert Meter weiter, an der Brasserie Zeyer, fehlt ein Foto solcher Machart, auf ihm würde Henry Miller abgebildet sein, an einem der Bistrotische seines Stammlokals sitzend, damals in den dreißiger Jahren, als er in der Villa Seurat wohnte. Aber wollte man von allen berühmten Schriftstellern, Musikern und Malern, die einmal in Paris gewohnt haben, Fotografien aufstellen, sähe man die Stadt vor lauter Bildern nicht.

Ich winkte Miller zu, bog an der Place Victor-et-Hélène-Basch in die Avenue du Général-Leclerc ein, grüßte den Löwen am Denfert-Rochereau, freute mich, dass ich nicht Teil der eiffelturmlangen Schlange war, die auf Einlass in die Katakomben wartete, bog in den Boulevard Arago ein, es ging angenehm bergab, das Rad rollte, es rollte das Rad – und da war sie schon, die Santé, die ‚Gesundheit', das städtische Gefängnis. Sie grüßte mit ihren hohen unbezwingbaren Mauern. Aber wo waren die eigentlichen Gefängnisgebäude geblieben? Die, die über die Mauern ragten und deren oberste Etage mit den kleinen vergitterten Fenstern von der Straßenmitte aus zu sehen war? Auf der rue de la Santé löst sich das Rätsel: Ein Baustellenschild zeigt an, dass die Santé renoviert wird. Wenn man den Grundriss der Gefängnisanlage betrachtet, wird deutlich, dass sie einem stilisierten Blumentopf, aus dem der Stängel einer Blume mit vier sternförmig abgehenden Blütenblättern ragt, gleicht. Der Topf war bereits abgerissen.

In der Santé hatte auch Genet 1943 eingesessen. Sollte man nicht neben seiner Zelle eine Tafel anbringen mit den folgenden Worten: In diesem Kerker lebte und arbeitete von Zeit zu Zeit der Dieb, Landstreicher und Zellenschreiber Jean Genet. Er wurde von seinem Vornamensvetter Cocteau befreit.

Ich lehnte mich gegen die Gefängnismauer und spürte die in ihr gebundene Kraft. Eine Prise *Baumschattenwand* an der Gefängnismauer gefällig? Nein. Keine ausgedachten

Leseposen! Weiter zur rue Mouffetard, ja, warum nicht, riecht sie doch gar nicht nach muffigem Senf, sondern nach allen Wohlgerüchen Arabiens, ist bunt und betriebsam mit ihren zahlreichen kleinen Geschäften und Cafés. Weiter den Boulevard Arago hinunter bis zur Avenue des Gobelins, dann links (den späten Muff) herauf, vorbei an herrlichen Fischauslagen, vorbei am Rot der Barben über das dunkle Braun des Seeteufels bis zum fast schwarzen Schwarz der Seezungen, und dann der erste Halt, an einem Café am Ende der rue de L'Arbalète in der Sonne. Da kommen Sie ja gerade richtig, sprach mich ein braungebrannter Rentner (wie ich später erfuhr) mit einem von Lachfalten durchfurchten Gesicht an und reichte mir eine der örtlichen Tageszeitungen, die er gerade zu Ende gelesen hatte. Als kurze Zeit später eine ältere Frau nach dem inzwischen neben mir freigewordenen Platz fragte, bekam sie von ihm ein durchaus liebevoll gemeintes: Setz dich hin, aber halt den Mund!, zu hören (zu mir hinter vorgehaltener Hand: die quatscht dich tot). Ein Mann ein Wort, eine Frau ein Buch. Wo war ich da hineingeraten? In ein Stelldichein aufgeräumter, zu Scherzen aufgelegter Menschen, denen die Frühlingssonne die Zunge gelöst hatte, und die alle aus dem Viertel stammten. Zwar beteiligte ich mich nicht an den Frotzeleien, die zwischen den Tischen hin- und hergingen, lächelte aber, wenn ich aus meiner Zeitung aufblickte, um meine Anteilnahme zu bekunden. In dieser Runde in der *Baumschattenwand* zu lesen, käme einem Affront gleich – höchstens eine Passage *vor*zulesen, das wäre möglich. Und welche? Diese: *„Brich endlich auf!" „Ich kann nicht. Ich bin in meiner Herkunft gefangen. Ein in seiner Herkunft Gefangener kann nicht aufbrechen" (Immer noch Sturm)* – Und ob ich das kann (ich meine ‚aufbrechen')! Ich habe zwar schon viele Brecheisen verschlissen (oder sollte ich sagen: Bücher geschrieben?) bei dem Versuch, dem Herkunftskerker zu entkommen, aber heute auf meiner Radtour reihe ich einen Aufbruch an den anderen: auf zur Moschee von Paris!

Der Weg zu ihr führt über die rue de la Clef, vorbei am Kino Images d'Ailleurs. In die ‚Bilder von Anderswo' ist H sicher schon öfters eingekehrt, er, der bekennende Kinogänger. *Vorteil (übriger, letzter) des Kinogehens: mich ungeschehen machen eine zeitlang.* In diesem Anflug ist er doch beschrieben, der Unterschied zwischen Lesen und ‚Laufbildern' (ins Kino gehen): Das Licht geht aus, der physische Körper verschwindet, die Leinwand flammt auf, der innere Monolog versickert wie Wasser im Kalkgestein, man ist ungeschehen. Was bedeutet, dass nicht einmal ein Rest, ein Nachbild über dem Ort, an dem man verschwunden ist, also dem Kinosessel, kreist, als sei man nie gewesen. – Laufbildern und Lesen. Liegt vielleicht in ihrer Unterschiedlichkeit jenes Phänomen begründet, dass die Verfilmung eines Buchs, wenn man das Buch vorher gelesen hat, meist enttäuschend ausfällt? Und wenn das so wäre, was ließe sich daraus ableiten? Dass fremde Bilder nicht so stark wirken wie die selbst erzeugten? Dass das Lesen also die stärksten Bilder schafft?

7

Ohne Wind wüssten die Wolken nicht wohin, von wem stammt dieser Satz?

Keine Ahnung. Wo ist der Wind überhaupt? Hier am Tisch jedenfalls nicht. Bester Beweis: Die Oberfläche des Milchkaffees ist spiegelglatt.

Das beweist gar nichts. Schlag die *Baumschattenwand* auf.

Warum?

Na, um mit den Seiten die Windgeschwindigkeit zu messen. Wenn sie, nachdem sie sich im Halbkreis aufgestellt haben, in ihrer Stellung verharren, ist kein Wind. – Siehst du, kein Blatt rührt sich, Windstärke Null auf der Beaufort-Skala, spiegelglatte See.

Auch die Bäume am Bahndamm stehen regungslos. Weit und breit nichts als Luft, die es nicht eilig hat. Aber irgendwo muss der Wind doch sein, er kann sich doch nicht in Luft auflösen.

Vielleicht hat er sich in einem Busch versteckt, in einer Buschwindrose. Stell dir vor, man näherte sich einer Buschwindrose, deren Blätter sich bei vollkommener Windstille wie von selbst bewegten, und dann, in dem Moment, in dem man sie teilte, um zu prüfen, was es mit der merkwürdigen Blattbewegung auf sich habe, führe einem stoßartig ein Wind ins Gesicht und machte sich Hals über Kopf davon, als hätte er, das Windchen oder das Lüftchen, den Anschluss an den Vaterwind verpasst.

Lass jetzt mal den Wind aus dem Spiel und schau nach unten, schau die Wanderschuhe an am fernen Ende meiner Füße (finis pede?). Sehen sie nicht aus, als freuten sie sich in aller Stille über den Ausflug in die Pariser Vorvorstadt. Sie stammen aus einer Zeit, als die Schnürsenkel, jedenfalls bei Wanderschuhen, noch nicht durch Ösen, sondern um Haken herum geführt wurden.

Gehst du zu H, vergiss die Wanderschuhe nicht.

Ob er mich zu einem Spaziergang einladen wird?

Du kleiner Warter!

Schon gut, schon gut. Aber ist die Wartezeit nicht auch ein Ausloten des Schattens, den das Ereignis, dem zugewartet wird, vorauswirft?

Ein ‚Ausloten' wäre zu viel gesagt, eher eine Vorausahnung, ein Abschmecken des Konturlosen am Horizont. Stell dir vor, es wäre Abend, die Sonne ging unter, und auf einmal stünde er da, der Niemandsbuchtler, wie aus dem Boden gewachsen, am Ende des Bahnhofvorplatzes, und sein Schatten reichte bis zu deinen Füßen – wie sähe sein Schatten aus?

Aus windbewegten, lichtdurchwirkten Blättern geknüpft, so stelle ich ihn mir vor, die Blätter von jeder Art und Größe, vom Birkenblättchen über das Walnussbaum- und das Platanenblatt, die Akazienrispe, den Palmwedel bis zum großen, als Kopfbedeckung geeigneten Huflattichblatt. Und dieser Blätterteppich wäre von Zweigen durchzogen, so dass es den Anschein hätte, als triebe ein einziger Baum diese Vielfalt unterschiedlichster Blattformen hervor.

Schönes Bild. Und wenn man sich bückte, um an diesem vielfältigen Blattschatten entlangzuschauen, so, als sei er eine Wasserfläche, über die man einen flachen Stein titschen lassen wollte, nähmen die Blätter die Form von Buchstaben an, sie changierten, jedes einzelne, von Blatt zu Buchstabe und zurück, wie bei einer Kipppostkarte.

Schillernd und goethend.

Kaum hast du ein schönes Bild entwickelt, musst du es sogleich zerstören! Du wirst mir mit deinen Kalauern nicht den noch und noch Preisgekrönten von seinem Schatten stoßen!

Tut mir leid, die Wartezeit, da kommt man auf dumme Gedanken.

Wenn du nichts Besseres mit ihr anzufangen weißt, dann nimm die *Baumschattenwand* und lese! Oder besser, lass es – bevor du mit deinem Lesen (Du mit Deinem Lesen!) das Buch *ver*liest – lass es aufgeschlagen liegen und beende die Windstille, blas kräftig, böartig, hinein, etwa mit Windstärke drei bis vier (Blätter und dünne Zweige bewegen sich, Wimpel werden gestreckt, Buchseiten umgeblättert), und dann schau seitlich (von der Seite) hinein ...

ja, so ... blas weiter ..., und dann erst fang zu lesen an ... ja, blas, solange du liest, und lies, solange du bläst, bis dir die Augen aus dem Kopf treten. – Und, was liest du?

Die Anschauung arbeitet wie die Wasserwaage – durch Anschauen ist dein Auge in der Mitte, gerät dein Auge in die Mitte – wird die Mitte – erzeugt das Gleichgewicht. – Die Frischluft der Anschauung, auch bei geschlossenen Fenstern. – Wenn ein Lesen nicht zugleich deine Anschauung (dein Anschauen) verstärkt, verschärft, vertieft – laß es bleiben! Oder lies anders. Oder lies anderes.

8

Die Pariser Moschee schimmerte weiß durch die noch spärlichen Blätter der kleinen Grünanlage der Place du Puits-de-l'Ermite (Platz des Einsiedlerbrunnens?). Dort stand ein Schild, auf dem ein altes, nicht mehr existierendes Gebäude abgebildet und der folgende, frei übersetzte und gekürzte Text zu lesen war: *Hier befand sich im 19. Jahrhundert das Gefängnis Sainte-Pélagie. Berühmte Insassen waren der Maler Gustave Courbet wegen seiner Komplizenschaft beim Einreißen der Vendome-Säule. Honoré Daumier, verurteilt zu sechs Monaten Haft wegen seiner Karikaturen und der Marquis de Sade, zum wiederholten Mal wegen seiner Bücher verurteilt.* Schlaglichtartig ließen Bild und Text die Vergangenheit in mir auferstehen, um mich wenige Minuten später wieder in die Gegenwart zu entlassen, freilich bereichert um die folgende Binsen- und dennoch wohltuende Weisheit: Die Vergangenheit ist unwiederbringlich, aber es hat sie gegeben! – Achtung, AvU: Sei kein Ochs vor der Gegenwart, sondern ein Maulwurf in der Vergangenheit! – Weiter zur مسجد باريس. Das Minarett ist nicht eine der üblichen Spargelstangen, sondern ein viereckiger Turm, von der großen Moschee in Kairouan (Tunesien) inspiriert, mit einem den Turm im Kleinen wiederholenden Aufsatz und einer umlaufenden Balustrade, kurz ein in der Sonne blendend weißes Ausrufezeichen. Sein Anblick rief mir blitzartig meine Reisen durch nordafrikanische Länder ins Gedächtnis, als seien alle Reisebilder für den Bruchteil einer Sekunde wie Diapositive übereinandergelegt. Im Innenhof der Moschee befindet sich ein maurischer Garten, ich könnte dort beim Plätschern des Brunnens in der *Baumschattenwand* lesen … – nein, es wird weder mit einer Gefängnismauer im Rücken noch mit einem Brunnenplätschern im Ohr gelesen! Das Lesen in Szene zu setzen, die Leseorte wie Postkartenmotive aneinanderzureihen, kommt nicht in Frage. Sei vielmehr *Der Leser von Paris,* jener Leser, der überall in der Stadt ins Lesen kommt, wobei die Lichtung keine vorgegebene, etwa ein Platz, ein Park, ein Monument ist, sondern von ihm im Lesen erst geschaffen wird: ein Hauseingang, eine Treppenstufe, selbst ein Pissoir. Der Leser verwandelt jeden Ort, wie auch immer er beschaffen sein mag, in eine Lichtung.

Ich setzte mich auf eine Bank im Jardin des Plantes und warf, während ich mein Butterbrot aß, einen Blick in die *Baumschattenwand: Ich lese, was* mich *liest.* Dann fuhr ich weiter, kurz vor dem Parkausgang vom Pfiff einer Aufsichtsperson fast von den Pedalen geholt und ihm doch eine lange Nase gedreht, fuhr weiter über den Pont d'Austerlitz, am Canal Saint-Martin entlang Richtung Bastille, erfreute mich am Anblick der einträchtig nebeneinander liegenden Yachten des Port de Plaisance (Hafen des Vergnügens) und, wenig später, am Génie de la Bastille, wie er so golden aufblitzte im blauen, wolkenweiß getupften Himmel. Aus alter Gewohnheit bog ich in die rue de la Roquette ein, mal sehen, wohin sie mich führt, zum Père Lachaise natürlich – ja, warum nicht wieder einmal das Grab von Yves Montand besuchen, ich sah ihn leibhaftig zum ersten und letzten Mal bei den Dreharbeiten zu seinem vorletzten Film *Netchaïev est de retour*, es war im April 1990 an der Bastille, er setzte sich gerade in ein Auto, um ein wenig auszuruhen, als ich auf meinen Erkundungsgängen zufällig am Set vorbeikam. Er starb ein Jahr später im Alter von siebzig Jahren kurz nach Beendigung der Dreharbeiten zu seinem letzten Film. *Ich habe meine Gewissheiten verloren, aber meine Illusionen bewahrt*, soll er Bilanz gezogen haben – ja, warum nicht sein Grab besuchen, also weiter die Raukestraße entlang, deren Name auf jene Pflanze zurückgeht, die sich auf den im 19. Jahrhundert dort vorhandenen Brachflächen wohl am stärksten ausgebreitet hatte. Halt! Wollte ich nicht unterwegs irgendwo auf den Markt gehen? Es ist bereits kurz vor eins, und falls ich das jetzt noch will, muss ich umdrehen, der nächstgelegene Markt ist der Marché d'Aligre, und der liegt nicht in Friedhofsrichtung. Also auf ein anderes Mal, Ivo monta! So rief ihn seine Mutter, als er ein Junge war, Ivo, komm hoch, das Essen ist fertig!, und so rief ich in Richtung Père Lachaise, drehte um, und sah in der Drehbewegung aus dem Augenwinkel wieder eines dieser Historienschilder, es stand am Eingang zum Square de la Roquette neben dem Pförtnerhäuschen: *Dort, wo sich jetzt der Park befindet, standen im 19. Jahrhundert zwei Gefängnisse, la Petite und la Grande Roquette. Eine Guillotine war am Eingang der Grande Roquette in Stellung gebracht, deren Apparatur auf fünf speziellen Platten auf dem Straßenpflaster stand; diese Stellen sind noch heute zu sehen.*

Nun war ich innerhalb von nicht einmal zwei Stunden auf drei Gefängnisse gestoßen, so dass man meinen könnte, ich sei im Besitz einer speziellen Wünschelrute, eines sogenannten Kerkometers, der nicht Wasseradern, sondern Justizvollzugsanstalten aufspürt.

Ich suchte die Straße nach den ‚Stellen' ab, und tatsächlich, da waren sie, längliche Stahlplatten, im Asphalt ausgespart, eine mitten auf der Straße, zwei andere an der Seite, die eine von einem parkenden Auto verdeckt. Aus dem relativ großen Abstand der Platten zueinander ist zu schließen, dass die Apparatur ziemlich groß gewesen sein musste. Und wie so oft beim Anblick von Relikten der Vergangenheit überkam mich die Vorstellung, dass die Energie vergangener Geschehnisse nicht verloren geht, beziehungsweise ihre (Bild)Partikel wie ein unsichtbarer Mückenschwarm in der Luft tanzen, und dass diese mit Hilfe einer Brille, meinetwegen einer 7-D-Brille, sichtbar gemacht und zu Bildern zusammengesetzt werden können:

HENKER: Verurteilter, haben Sie einen letzten Wunsch? VERURTEILTER: Ja, ich möchte, wenn das Fallbeil fällt, ein Buch lesen. H: Welches? V: *Vor der Baumschattenwand nachts.* Ich habe es mitgebracht. H: Und welche Seite? V: Irgendeine. H: So sei es. *Der Henker nimmt das Buch, das ihm der zum Tode Verurteilte reicht, entgegen und macht sich an die Arbeit. Er schnallt den Verurteilten bäuchlings, mit den Händen an der Hosennaht, auf ein senkrecht stehendes Brett, das er dann in die Horizontale befördert. Anschließend schiebt er es nach vorne Richtung Fallbeil, bis der Hals des Verurteilten auf der unteren Hälfte des Halsbretts zu liegen kommt. Nachdem der Henker die obere Hälfte heruntergelassen und sich überzeugt hat, dass alles seine Richtigkeit und Festigkeit hat, schlägt er das Buch an irgendeiner beliebigen Stelle auf und verkündet die Seitenzahl 214 mit lauter Stimme, als ob unter den Zuschauern jemand wäre, der mitlesen wollte. Dann legt er das Buch auf den Boden unterhalb des Kopfes des Verur-*

teilten. Es ist windig, und Seite 214 wird wieder verschlagen. Der Henker stößt einen Fluch aus und biegt, indem er seinen Oberschenkel, als wolle er einen Ast zerbrechen, zu Hilfe nimmt, die beiden Buchhälften auseinander, dass es kracht. Dann legt er das nun im Falz gebrochene Buch wieder zurück. H: Sie haben eine Minute. *Während der Henker noch einmal die Seilrolle für den Flaschenzug und den Hebel des Auslösemechanismus überprüft, beginnt der Verurteilte zu lesen, zuerst leise, dann immer lauter:* Du stehst auf verlorenem Posten, aber halte ihn! (Für Herbert Achternbusch) / Wo nichts geschah, habe ich zeitweise am meisten erlebt. / Alles liegt noch da auf dem Tisch wie gestern, die Zwirnspule, das Wörterbuch: Also kann die Welt, kann das Dasein keine Täuschung, kein Schwindel sein. / Es muß etwas geben, was es nicht gibt. Es muß? Es mu…

9

Ich gehe mal kurz zum Fischstand hinüber, um mir ein Bild zu angeln. Ich kann mich nicht sattsehen an den fremdartigen Wesen aus blauer Tiefe.

AvU!: *Nicht sattlesen kann ich mich an seinen Büchern – welch Kompliment für einen Schriftsteller.*

Der Mann am Stand, der Standmann, schuppt gerade eine Dorade, dabei fallen einige Schuppen auf die Erde, und während sie fallen, treffen sie auf einen Sonnenstrahl und blinken kurz auf. Das Bild von den goldenen Schuppen hängt am Haken, und ich gehe an meinen Tisch zurück. Dort empfängt mich eine quengelnde Stimme:

Wie lange dauert es noch? Wann gehen wir endlich zu ihm?

Wenn es Zeit ist.

Und wann ist es Zeit?

Wenn die Stunde schlägt. – Übrigens, meine Behauptung von vorhin, dem Wartenden schlüge keine, stimmt nicht, im Gegenteil, ihm schlägt nicht nur die Stunde, sondern ihm schlagen auch die Minuten und Sekunden, er ist sich ihres Vergehens vollkommen bewusst, und darin liegt das Geheimnis ihrer Verlangsamung, wohlgemerkt der Wartezeit, nicht der tagtäglichen, zielverstrebten und verknappten Normalzeit, die sich hinter deinem Rücken auf und davon macht.

Du meinst, der Wartende kann die Zeit kontrollieren wie ein indischer Yogi seinen Herzschlag?

Ja, er kann sie so weit herunterdrosseln, bis sie fast auf der Stelle tritt, das ist mir soeben klargeworden, nachdem ich eine kurze Weile, es mögen nur wenige Sekunden gewesen sein, wieder einmal meine Wanderschuhe betrachtet habe. Ihr Anblick hat in mir alle Wanderungen, die ich mit ihnen zu den verschiedensten Weltenden (Finis Terrae) unternommen habe, aufleben lassen. Und bei jeder aufleuchtenden Erinnerung, zum Beispiel an den Dynamitfischer am Kap Tenaro, an den Leuchtturm am Kap Finisterre bei La Coruna, an den hohen Wellengang am Kap der Guten Hoffnung, quillt ein bisschen von der gedehnten Zeit, die auf diesen Wanderungen geherrscht hat, in unsere Wartezeit.

Was meinst du mit ‚gedehnt'?

Dass es einem vorkommt, als sei man schon eine Woche unterwegs, obwohl erst zwei Tage vergangen sind. – Von meinem sekündlichen Ausflug zum Kap meiner Wanderschuhe komme ich also mit einem prall gefüllten Sack voll gedehnter Zeit über der Schulter zurück, der just in dem Moment, in dem ich, den Blick von meinen Wanderschuhen abziehend, ruckartig wieder in die Wartezeit eintauche und überrascht feststelle, dass nur ein Wimpernschlag, ein Handumdrehen vergangen ist, sich in die Wartezeit entleert. Verstehst du, was ich meine?

Die Zeit ist Düsenflugzeug und Schnecke zugleich ...?

So ist es. Läuft sie dir davon, lege ihr die Fußfessel deiner Bewusstheit an. Wohl dem, der sich in beiden Zeitläuften zu bewegen weiß, wohl dem, der die Technik beherrscht, die eine mit der anderen zu verlängern.

Trotzdem, ob Düsenflugzeug oder Schnecke oder beides zugleich: Ich habe keine Lust mehr zu warten. Lass uns gehen!

Wir können nicht.

Warum nicht?

Wir warten auf Handke.

Ah! Bist du sicher, dass es hier ist?

Was?

Wo wir warten sollen.

Er sagte, vor den drei Bahnhöfen.

Handke ist nicht Godot.

Egal. Da ist wieder die Krähe. Was für ein großer Vogel! Sie tippelt nicht, sondern schreitet, von einer Kralle auf die andere, jetzt hält sie inne, legt den Kopf schief, als ob sie sich fragte: Habe ich etwas von diesem Mann zu befürchten, wenn ich nach den Brotkrumen in seiner Nähe picke?

Aber da sind gar keine Brotkrumen, siehst du das nicht? Was tut sie also in unserer Nähe? Warum geht sie auf und ab. Hat sie nicht die Flügel auf dem Rücken gefaltet wie ein Spaziergänger die Hände? Was will sie von mir? Will sie das Wort an mich richten? Jetzt tut sie wieder so, als pickte sie etwas auf. – Hast du das gesehen?

Was?

Ich habe mich ruckartig vorgebeugt, und sie ist noch nicht einmal aufgeflogen! Da stimmt doch was nicht!?

Vielleicht ist sie eine Drohne, eine Drohne im Krähenkleid.

10

Un euro, un euro, un euro, un euro, un euro, riefen die Händler auf dem Marché d'Aligre, und es klang wie das Kollern eines Truthahns. Ich kam zur rechten Zeit, kurz vor Marktschluss, dort an und brauchte nur meine Plastiktüte in die Luft zu halten, um das aufzufangen, was mir nachgeschmissen wurde, zwei kleine Stiegen Erdbeeren, ein Kilo Spargel, ein Kilo Spinat und vier Avocados. (AvU: *Was ist schwerer: ein Kilo geschälter Spargel oder ein Kilo gelesenes Buch?*)

Hinter den Ständen des Wochenmarktes hatte ein Trödelmarkt seinen Platz. Vor einem großen Karton voller Diapositive hielt ich an, griff ehrfürchtig hinein in die Wühlkiste der Vergänglichkeit und zog einen der ungezählten, auf Zelluloid gebannten Lebensmomente hervor, hielt ihn gegen das Licht und geriet derart in Erstaunen über die banale Tatsache, dass der Moment tatsächlich stattgefunden, sich zugetragen, vollzogen und ereignet hatte, dass ich das Dia mit großer Vorsicht zurück in den Karton legte! Zehn Cent kostete ein jedes. Ich kaufte das leuchtende Abbild eines Mannes in einem hellbeigen gepolsterten Anorak mit Sonnenbrille und einem schwarzen Tuch, das in Art der Beduinen um seinen Kopf und Hals geschlungen ist. Er steht mitten in der Wüste, vor zweigeteiltem Hintergrund: In der Höhe des Kopfes geht der gelbe Sand in den blauen, unmittelbar über dem Dünenkamm noch weißblauen Himmel über. Wer ist dieser Mann?, fragte ich mich, lebt er noch, was tut er jetzt gerade, in diesem Moment, in dem ich sein Wüstenbild betrachte? Ich ließ das Dia in die Tasche gleiten, er würde fortan mein Begleiter sein.

An einem Eckcafé mit Blick auf die Marktstände setzte ich mich an einen Tisch und lehnte das von einem Papprahmen umgebene Lichtbild gegen den Zuckerstreuer. Das Gemüse stellte ich unter den Stuhl. Am Nebentisch saß eine Frau, die auf den ersten Blick einen Füllfederhalter, auf den zweiten aber eine Elektrozigarette rauchte – da wünscht man sich doch die alten Zigaretten wieder, aus Maispapier und Tabak! Könnte eine E-Zigarette jemals Stunden in einem Mundwinkel überdauern und den Lippenbewegungen während des Sprechens trotzen? Und weiter fragte ich mich, ob ich auf meiner Radtour wohl noch einem E-Zigarette rauchenden Elektrobuchleser begegnen würde?

Vor mir stand ein älterer, dicker, kleiner Mann, an Michel Simon erinnernd, und sang französische Volkslieder. Seine Stimme war überraschend flach, als hätte er ein Brett vor der Brust. Ein junger Mann (sein Enkel?) begleitete ihn auf einer Art Bauchleierkasten. Als sich eine ältere Frau neben ihn stellte und in seinen Gesang einfiel, ließ er es, anfangs irritiert, dann belustigt, geschehen. Danach wünschte sich die Frau ein Lied, woraufhin er in seiner Kiste wühlte und wühlte und endlich das Gewünschte fand und das Liedbegleitband seinem Enkel gab, der es in seinen Leierkasten einbaute. Die folgenden Lieder würzte ich mit ein paar Anflügen, darunter diesem: *Das Lesen schafft (mir) die stillste der Ortsverbundenheiten. Es verbindet (mich) mit dem Ort, an dem ich lese und bin, und an solchem Ortsverbinden erkenne ich, wieder einmal, die wahrhaften Bücher und das wahre Lesen.*

Als mir die vorfrühlingshafte Kühle ins Mark stieg, schwang ich mich wieder aufs Rad, und das Pflaster ließ die Avocados und den Spargel tanzen im Vergnügungskorb, neben der *Baumschattenwand*, die schwarz und backsteinartig dalag: ein wahrer Begleiter, keine Begleiterscheinung!

11

Der Holunderkönig sitzt im Garten an einem Holztisch. Er liest. Wenn der Wind in eine Baumkrone fährt, blickt er auf. Dann und wann steht er auf und dreht eine Runde ums Haus. Oder er blickt einem Vogel nach. Oder er hat einen Anflug und notiert ihn: *Ein neuer Morgen: das Hofhalten der Ringeltauben im System der Zedernäste, von unten nach oben, von breit bis schmal, von viel bis vereinzelt und zuletzt einzeln* ... Da kommt eine Krähe und lässt sich auf einem tiefhängenden Ast, der bis zur Tischmitte reicht, nieder. Erregt spreizt sie immer wieder die Flügel. H: Du zeterst ja geradezu mit deinem Gefieder, was ist los? K: Ich habe ihn gesehen. H: Wen? K: Den, der gleich zu dir kommt. Er sitzt schon seit einiger Zeit vor den drei Bahnhöfen. H: Und? K: Ich glaube, er hat was gemerkt. H: Warum? K: Er hat eine ruckartige Bewegung gemacht, um mich wegzuscheuchen, und dann ganz überrascht geguckt, dass ich nicht weggeflogen bin. Das war ein Fehler, ich hätte wegfliegen sollen. H: Zerbrich dir mal nicht den Kopf. Soll ich dir was vorlesen? K: Nein. H: Gut, dann hör aber mit dem Fiedergezeter auf. K: Und du willst gar nicht wissen, wie er ist? H: Nein, aber wenn du es mir unbedingt sagen willst ... K: Er hat Wanderschuhe an. H: Wahrscheinlich will er mit mir Pilze suchen gehen. Und weiter? K: Er sitzt am Tisch, mal hat er die Augen geschlossen, mal schaut er in der Gegend rum, eben ist er kurz auf den Markt gegangen ... H: ... ach ja, heute ist ja Markt ... K: ... mal liest er in einem deiner Bücher. H: Mir ist noch nie jemand begegnet, sei es im Zug, sei es auf einer Parkbank, sei es in einem Café, der gerade dabei war, ein Buch von mir zu lesen. Welches hat er denn gelesen? K: Ich glaube, das mit den Anflügen. H: Du glaubst? K: Ich konnte den Titel nicht genau erkennen. H: Du hättest die Perspektive wechseln oder eine Runde über seinen Tisch drehen können. K: Ja, hätte ich. Aber warum ist das so wichtig? H: Es hätte ja sein können, dass er gerade das Buch liest, das ich noch nicht geschrieben habe, dann wüsste ich zumindest, dass ich es noch schreiben werde. K: Hä!? H: Mein letztes Epos, du weißt doch, noch einmal die Welt träumen, unterwegs im Landesinneren, einen letzten großen Wurf. *H lehnt sich zurück und schließt die Augen.* Es liegt mir schon länger auf der Zunge, aber irgendwie kommen die Bleistifte noch nicht in Gang. *Die Krähe schnappt sich einen der auf dem Tisch liegenden Bleistifte. Er hat schon Moos angesetzt.* H: Der soll es sein? K: Ja, der ist es, der schreibt dir den ersten Satz. H: Gut. Dann soll er, frisch gespitzt, noch einmal zeigen, was in ihm steckt. *Er spitzt den Bleistift mit dem Messer.* – Hat er dabei eine gute Figur gemacht? K: Wer? H: Unser baldiger Besucher. K: Wobei? H: Beim Lesen. K: Zuerst eine eher merkwürdige, er blies und blickte seitlich in das Buch hinein, erstaunlicherweise hat er das eine ganze Weile durchgehalten. Dann hielt er das Buch ein Stück weit von sich weg in die Luft, als sei es sein Gegenüber, als blickte er in einen Spiegel, nein, nicht ganz so hoch, nicht auf Augenhöhe, und doch von Angesicht zu Angesicht. H: Ein Bild von einem Leser! Wir sollten ihn gebührend empfangen. Übrigens, aber das habe ich dir ja schon oft gesagt: Du bist ein guter Beobachter. K: Das versteht sich von selbst, dafür werde ich ja bezahlt. Und nicht um dir zu krächzen, was die Spatzen bereits vom Dach pfeifen.

12

Fast hätte ich es vergessen: In Paris werden die Rinnsteine mit Wasser gekehrt! In der Nähe des Marché d'Aligre traf ich auf ein besonders schönes Exemplar eines Teppichdamms, einer mit Kordel umwickelten, vor einem Wasseraustritt liegenden Teppichwurst, mit der der Straßenfeger die Richtung des Fegewassers reguliert. Ich hielt an und betrachtete versonnen das Wasser, wie es, in der Sonne blitzend, den Rinnstein entlangfloss, und Papierschnipsel, Korken und sonstiger Abfall auf ihm tanzten.

Weiter die Hans-Knopf-Straße entlang bis zur rue de Rambouillet, dort, warum auch immer, links ab bis zur Avenue Daumesnil, dann rechts einige Meter die Avenue entlang, dann wieder rechts in eine Zufahrt zu einem Lagergelände des Gare de Lyon. Ich stellte das Fahrrad vor einem Lagerhaus ab und setzte mich davor auf eine Rampe. Vor mir erstreckte sich zwischen verwahrlosten Kontoren und der breiten Gleisanlage ein Niemandsland aus Schlaglöchern, großen Pfützen, zerschlagenen Fensterscheiben, Autowracks, Disteln und Königskerzen kurz vor der Blüte, die aus klaffenden Rissen im Beton wuchsen. Solche Brachen braucht die Stadt. Dort takelt sie ab, kommt zur Ruhe. Cormac-McCarthy-Land. Krähen und Elstern. Ab und an ein Zug auf dem breiten Gleiskörper. Richtung Süden, Marseille, Mittelmeer. Ein Marienkäfer. Wie aus dem Nichts war er aufgetaucht und krabbelte auf der eisenbeschlagenen Rampenkante. Ich ließ die Beine baumeln, als hätte ich eine kurze Lederhose an. Der blauweiße Himmel wollte nicht recht passen zu der Ödnis, die sich neben den Gleisen unter ihm erstreckt, zu scharf geschnitten war er, zu guten Mutes.

Ich stieg wieder aufs Rad. Und stieg wieder ab. Dieser Ort hatte noch ein paar geflügelte Worte verdient: *„Zu* *lesen, ein Buch zu lesen verlangt Geduld"? – Unsinn: Ein Buch erzeugt, schafft, schöpft Geduld, und daran erkennst du das Buch „Buch".*

Wieder auf der Avenue Daumesnil, hob ich den Blick und mir blieb fast das Herz stehen: Da ragten grauweiße, nach klassischer Bildhauermanier geformte, männliche Körper in den Himmel, Statuen, so groß, dass die Höhe von fünf Stockwerken sie nicht klein machte. Sicherlich zwei Etagen abmessend, nahmen sie vom vorletzten Stockwerk des Eckhauses ihren Ausgang, der rechte Oberschenkel und die rechte Hüfte nur als Halbrelief sichtbar, der Oberkörper jedoch auf Höhe des letzten, eine Balkonbreite zurückspringenden obersten Stockwerks als Ganzer zu sehen, wobei der linke Handrücken auf der Stirn lag und der abgewinkelte Arm mit dem Ellenbogen die Dachrinne berührte. Es waren sieben an der Zahl, im Abstand von vielleicht fünf Metern die Balkone voneinander trennend bis zur rund gemauerten Hausecke, um dann auf der anderen Seite der Rundung weiterzuverlaufen. Auf diese Art mit dem Haus verbunden, schienen die Statuen aus ihm heraus in den Himmel zu wachsen. Endlich mal eine Fassade, die den Blick zum Verweilen einlädt, in die klassische Skulpturen auf eine zeitgemäße, nicht rückwärtsgewandte oder postmoderne Art, also nicht als Versatzstücke, eingegliedert sind!

In den unteren Etagen ist das Commissariat de Police untergebracht. Eine Polizistin und ein Polizist standen vor dem Eingang.

Gibt es ein Informationsblatt über das Haus?, fragte ich die Polizistin, nachdem ich das Rad an die Umzäunung, die das Trottoir von der Straße trennt, gelehnt hatte und dabei von dem Polizisten argwöhnisch beobachtet wurde.

Nein. Was wollen Sie wissen.

Wie alt ist das Gebäude?

Baujahr 1991.

Um welche Statue handelt es sich?

Um den sterbenden Sklaven von Michelangelo.

Es gibt wirklich kein Foto, keine Postkarte?

Gehen Sie dort hinüber und fotografieren Sie es selbst, schaltete sich der Polizist ein und deutete auf das Viadukt der alten Eisenbahnlinie.

Merci beaucoup, bedankte ich mich, und als die beiden Worte meine Lippen verließen, dachte ich, dass beau coup, wörtlich übersetzt, schöner Schlag heißt. Ich überquerte die Straße und stellte das Fahrrad vor dem Viadukt ab, über das einmal die Eisenbahn von der Bastille zum Bois de Vincennes zu fahren pflegte, und das wegen seiner Bepflanzung auch Coulée verte genannt wird. Da ich weder Kamera noch eine Mobiltelefonkamera zur Verfügung hatte, würde ich mir den Anblick des Gebäudes einprägen müssen – aber wie? Kann man ein Bild auswendig lernen? Etwa, indem man es, wechselweise mit geöffneten und geschlossenen Augen – das Haus und sein Abbild – anschaut? Schon wollte ich das Gebäude erneut in Augenschein nehmen, da überlegte ich es mir anders, schlug die *Baumschattenwand* auf und ließ mich zwei Mal anfliegen: *Daß ich für mich alleine etwas schön empfinde, genügt (mir) nicht. Ich brauche jemanden, der das Schöne mitempfindet.*

Da geht es mir anders, dachte ich ohne aufzuschauen, wenn ich ins Schwärmen gerate, vermisse ich niemanden. Im Schwärmen bin ich allein. *Gehen wie Lesen: Ich bin in meinem Element. Die Zeit, sonst immer wieder ein feindliches Element, springt um in ein freundliches, wird ein mich be- und geleitendes, und der Raum, sonst so oft ohne Platz für mich, wird Luft- wie „Weltinnenraum", nicht bloß der meine. Ich gehe und lese. Ich bin gegangen und habe gelesen. Ich werde gegangen sein und gelesen haben.*

Und ich, ich blickte auf, ich habe aufgeblickt, ich werde aufgeblickt haben, und da war es wieder, das Haus mit den zum Himmel sterbenden Sklaven, wie beim ersten Anblick traten sie hervor, wie blitzartig herangezoomt, nein, vom Unscharfen ins Scharfe gesprungen. So geht das: sich ein Bild einprägen.

13

Es ist Zeit aufzubrechen.

Tatsächlich? Die Zeit verging wie im Flug.

Ich gehe jetzt zahlen und du verkrümelst dich. Die Wartezeit ist zu Ende.

Schade, ich habe mich schon so an dich gewöhnt.

Ich bin ja nicht aus der Welt. Ich weiß, wo du mich suchst, und du weißt, wo ich dich finde.

Auf dem Markt sind erste Anzeichen des Abbaus zu bemerken. Der Mann vom Fischstand stapelt die übrig gebliebenen Fische in Styroporkisten. Ich gehe in die Brasserie und zahle. Als ich wieder den Platz betrete, sehe ich aus den Augenwinkeln, dass vom unteren Platzende ein großer Hund mit kurzem stahlgrauem Fell auf mich zukommt, groß wie ein Pony. Er rennt nicht, er galoppiert. Wie angenagelt bleibe ich stehen. Schon ist er nur noch wenige Meter von mir entfernt, Geifer fliegt von seinen Lefzen, ich höre das Geräusch, das seine Krallen auf dem Asphalt machen – und er galoppiert an mir vorbei, fast hätte er meine Tasche gestreift! Was war denn das?? Ein Wesen aus der Hölle, vom Teufel geritten? Ich stelle erst einmal meine Tasche ab. Meine Knie zittern. Der Mann vom Fischstand hat die Szene beobachtet. Das war knapp, bedeutet die Geste, die er mit seiner rechten Hand macht. Oha. Nachdem ich mich wieder beruhigt habe, setze ich meinen Weg fort, verlasse den Platz, gehe durch die Unterführung und weiter die Straße hoch, die nach Villacoublay führt. Kurz bevor ich in den zu beiden Seiten mit Lebensbäumen bestandenen Privatweg abbiege, hole ich noch einmal tief Luft und atme langsam aus, um die aufkommende Erregung zu dämpfen.

Die Allee der Lebensbäume ist noch dunkler, als ich sie in Erinnerung habe. Mit ihrem schwarzen Geäst bilden sie ein fast lichtundurchlässiges Gewölbe, man könnte auch von einem Tunnel sprechen. Umso heller leuchtet das blaue Gartentor an seinem Ende. Beim Näherkommen sehe ich, dass ein Zettel am Tor hängt. *20 Minuten Verspätung. Bitte schon einzutreten. P.H.* steht da mit Kugelschreiber geschrieben auf einem ausgeschnittenen Papier, das mit Tesafilm an das Tor geklebt ist. Sogleich fallen mir die zwei Worte ein, die H sich für seinen Grabstein ausgesucht hat: ‚Bin hinten'.

Ich drücke vorsichtig das Tor auf. Niemand da. Wunderbar, die Wartezeit ist also um zwanzig Minuten verlängert, erhält nach dem Marktplatz ein weiteres Vorzimmer, den Garten. Ich gehe ein paar Schritte und schaue mich um. Erster Eindruck: ein Garten, der das rechte Maß hat zwischen Wild- und – wie lautet das Gegenteil – Hauswuchs? Und dem ebenfalls ein angenehmes Maß zwischen Weitläufigkeit und Enge eignet, jenes Maß, das eine Enklave auszeichnet und das dem Bewohner genug Aus*gang* (Raum für Anflüge) bietet. Wo mag die Baumschattenwand sein?

Haushohe Thujahecken schirmen an verschiedenen Stellen das Grundstück gegen die Nachbarn ab, und dort, wo sie nicht aufragen, übernehmen größere Bäume das Abschirmen. Dadurch wirkt der Garten wie ein grünes, weniger hermetisches als luftiges Behältnis. Auf der vorderen Rasenfläche sind zwei Tische und mehrere Stühle verteilt, die aussehen, als stünden sie seit Anbeginn dort, seit das Haus in den zwanziger Jahren gebaut wurde. Auf den Tischen liegen Kugelschreiber, deren Halter, metallen schimmernd, das Licht reflektieren. Einem Stuhl fehlt eine Planke in der Sitzfläche, ein anderer ist mürbe von Wind und Wetter, ein dritter ragt, halb zugeklappt, in das Blattwerk eines Buschs hinein, als trachte er danach, eins zu werden mit ihm, zumindest im Dickicht seine letzte Ruhestätte zu finden.

Ich setze mich an den dem Eingang zunächst stehenden Tisch, auf dem ein paar Esskastanien liegen, und betrachte das Haus, wie es inmitten dieses grünen Behältnisses steht. Aus Hochparterre, erstem Stock und einem Mansarddach bestehend, ist es aus dem für die Pariser Bucht typischen gelblichen Sandstein gemauert, der, porös wie Lava, den Mauern eine lebendige Oberfläche verleiht. Es ist ein solides Haus, von kräftiger Statur, dessen Vorbauten und Erker ihm eine robuste Eleganz verleihen.

Und nun sitze ich tatsächlich in H's Garten, in den ich vor zehn Jahren das erste Mal blickte und der mir damals unerreichbar schien. Und ein Strom von Bildern aus der Vergangenheit beginnt an meinem geistigen Auge vorüberzuziehen: wie ich durch die Straßen von Chaville wanderte auf der Suche nach seinem Haus, wie der unvermittelte Anblick der dunklen, zu seinem Haus führenden Allee schlagartig ein tief in mir vergrabenes Bild wachrief, wie ich das Manuskript des *Holunderkönigs* hinter das Gartentor stellte, welch unbändige Freude ich empfand, als ich zwei Wochen später seinen Brief in Händen hielt, und welche Enttäuschung, als er meinen Brief, in dem ich fragte, ob ich ihn einmal besuchen dürfe, jahrelang unbeantwortet ließ. All das geht mir jetzt sekundenschnell durch den Kopf, und doch sitze ich irgendwie gelassen da, oder vielleicht auch wie betäubt vom bedeutungsvollen Moment und gleichzeitig durchströmt von einer stillen Genugtuung, dass Wunder möglich sind, sie lassen sich nur etwas Zeit. Kurz will sich ein Bedauern darüber, dass ich keinen Fotoapparat mitgenommen habe, bei mir einschleichen, aber es stammt aus weit zurückliegender Zeit und schafft es nicht bis in die Gegenwart. Nicht mal im Traum würde es mir einfallen, meinen stillen Platz zu verlassen und, indem ich das Objektiv auf meine Umgebung richtete, das Einverständnis mit ihr aufzukündigen. Abgesehen davon: Wie peinlich wäre es, wenn der Besitzer mich in flagranti, mit dem Finger am Auslöser, erwischen würde: Sind Sie von der Polizei? Ist das hier ein Tatort? Ist ein Mord geschehen? Lassen Sie Haus und Garten in Frieden, rühren Sie meine Stillleben nicht an mit Ihrem Objektiv, Sie kleinkalibriger Schnappschießer! – Nein, ich bin unbewaffnet gekommen, als Gärtner, nicht als Jäger (Thomas Bernhard).

Ich stehe auf, gehe ein Stück im Garten auf und ab und spüre wahrlich an Leib und Seele, wie wohltuend es ist, vom Zwang des fotografischen Blicks befreit zu sein und dem Vermögen, sich die Umgebung einzubilden, zu vertrauen.

In den hinteren Teil des Gartens, also hinter das Haus zu gehen, wage ich nicht. Stattdessen kehre ich zum Tisch zurück, und auf dem Weg dorthin entdecke ich den kleinen Nussbaum, von dem H mir geschrieben hat. Seine Knospen sind noch geschlossen, die Blätter noch nicht geschlüpft.

Eine Taube bewegt sich flügelschlagend durchs Geäst, in welchem Baum, ist im Gegenlicht nicht genau auszumachen. Ich nehme das Messer und beginne, eine Esskastanie zu schälen. Die Schale, selbst die innere Haut, lässt sich vom weißen Fruchtfleisch gut ablösen. Erstaunlich, dass die Esskastanie, obwohl sie schon einen Winter überdauert hat, noch so frisch und knackig ist. Während ich sie auf der Zunge zergehen lasse, stelle ich mir vor,

H mit einer besonderen Geste auf seinem Terrain zu empfangen: Ich sitze am Tisch, habe den Kopf in die rechte Hand gestützt, lese in der auf dem Tisch liegenden *Baumschattenwand,* bekomme gar nicht mit, dass das Gartentor aufgeht, H seinen Garten betritt und *den* Leser erblickt.

14

Als hätte das Einprägen der sterbenden Sklaven all meine Wahrnehmungskraft aufgebraucht, erschlaffte danach der Muskel meiner Aufmerksamkeit, und die anschließende Fahrt entlang der stetig leicht ansteigenden Avenue Daumesnil war nichts anderes als ein monotones Pedaltreten. Kein Aufmerken auf der Place Félix-Éboué, keine der vielen sternförmig abgehenden Straßen zog mich an, nur ein Kirchturm in naher Ferne fing beiläufig meinen Blick, nicht den ersten, nicht den zweiten, nicht den dritten, erst beim vierten endlich war meine Neugier wieder ein wenig entfacht, der Tritt in die Pedale wurde kräftiger, es handelte sich um die in eine Häuserzeile eingegliederte Kirche Saint Esprit. Elegant, wie der Architekt die Leiste der Mansardfenster der beiden benachbarten Wohnhäuser in seinen Backsteinbau aufnimmt, indem er Erker in gleicher Höhe in die Fassade einfügt. Das Kirchengebäude endet bündig mit den Nachbarhäusern, in der Mitte ragt der sich in zwei Stufen verjüngende, schmale, hohe Turm, dem noch ein säulenartiges, von unten nicht ganz erkennbares Gebilde aufgesetzt ist, empor.

Ich stellte das Rad neben die zum Kircheingang führende Treppe. Die *Baumschattenwand* nahm ich mit, das Gemüse ließ ich im Korb. Zu meiner Überraschung war das Kircheninnere aus Beton. Beton, so weit das Auge reicht: die Kuppel aus Beton, die vier sie tragenden Halbkuppeln, die umlaufenden Rundbögen der Galerie, die Wände, die Pfeiler, kurz: Ich war in eine ‚betonene' Hagia Sophia geraten. Wie passte dieses stumpfe Material zum Heiligen Geist? Nicht mal er könnte es durchdringen, auch nicht an Pfingsten. Oder sollte er hier vielleicht zwischengelagert werden? Die Kuppel über mir erschien, bedingt durch den Kranz der farblosen Fenster, hellgrau. Der Beton hatte etwas von totem, verwittertem Gestein, verwittert von all den nicht erhörten, wie Dunst emporgestiegenen Gebeten?

Ich setzte mich, einziger Mensch in diesem Gotteshaus, ins Meer der Stühle, und als ich die *Baumschattenwand* aufschlug, war mir, als würde mein Gesicht erhellt, als entströmte den Buchseiten ein Licht, das mein Gesicht benetzte: *Der Leser als der Verehrungsbedürftige (und der Schreiber? Entsprechend.) Zeichne das Phantombild des Lesers, sich zusammenfügend Strich um Strich* abstrich*lich all der Züge der Gesichter der auf den ersten Blick die Augen anspringenden Visagen der* Nicht-*Leser.*

Wieder in der Helle des Tages, galt mein erster Blick dem Vergnügungskorb: Das Gemüse war noch da. Also würde es heute Spargelrisotto, nein, Spargelsuppe geben, oder beides, danach eine Avocadocreme und, als Hauptgang, Spaghetti mit Spinat-Gorgonzola-Sauce. Weiter. Aber nicht mehr zu neuen Ufern, sondern heimwärts. Rue Raoul, rue de la Brèche-aux-Loups (Wolfsbresche?), rue de la Lancette, genug der kleinen Straßen, totes Treten im niedrigen Gang, erneut war mein Quantum Staunen aufgebraucht. Blindes Durchqueren des Parc de Bercy, dann die Stufen hinauf Richtung Seine, die mich zwangen abzusteigen und das Fahrrad zu tragen, ein mühsames Geschäft, denn der Stufen waren viele, und das Rad hatte sein Gewicht. So trug ich schwer an der vergangenen Leichtigkeit, mit der mich das Rad durch die Pariser Straßen gefahren hatte, aber die Mühe tat gut, weckte die Lebensgeister, und dann, dann lag sie plötzlich vor mir, die Passerelle Simone-de-Beauvoir, ein Bild von einer Brücke: ein geschwungenes Band aus hellgrauen Eichenplanken, das in zwei Wellen dem Ufer zustrebt! In der Draufsicht geschwungen wie eine alte japanische Holzbrücke, in der Seitenansicht aus zwei spangenähnlich miteinander verflochtenen Bögen bestehend, der untere durchhängend, der obere sich wölbend, Wellental und Wellenberg, Hängebrücke in den Wellentälern und Bogenbrücke auf den Wellenbergen. Das Wellental der einen Woge trifft in der Strommitte auf den Wellenberg der anderen, beide einen mandelförmigen Raum erschaffend, einen Ort der Geborgenheit mitten auf dem Fluss.

Ich setzte mich auf eine der Holzbänke, holte meinen Begleiter aus der Tasche, hielt das Dia in die Luft, damit sich der Wüstenmann einen Überblick verschaffen konnte, und flüsterte ihm zu: In der Mitte der Brücke ist der Fluss ohne Ufer. Dann überließ ich ihn seiner Umgebung: dem hellen Rauschen des Verkehrs auf den Uferstraßen, den Lastkähnen und Ausflugsbooten auf dem Fluss, dem zwischen den Planken sichtbaren, milchig grün dahinströmenden Wasser und dem Anblick des Pont de Bercy mit seinen vier weitgeschwungenen Brückenbögen über dem Wasser und den sich auf ihnen in einer zweiten Ebene erhebenden, die Schienen der Metro tragenden, kleinen Bögen.

15

Behutsam wird das Gartentor aufgeschoben, ich blicke auf, soeben noch in die Betrachtung eines aus Holz gefertigten, scheinbar aus dem Boden wachsenden Pilzes versunken, und eine zarte luftige Gestalt erscheint. Sie erschrickt, als sie mich sieht, nicht nur, dass sich ihre Augen weiten, nein, durch ihren ganzen Körper geht ein Ruck.

Oh, sage ich verlegen, der Zettel am Gartentor, ich bin schon reingegangen.

Sie haben noch nicht lange gewartet?

Etwas länger, als es braucht, um eine Esskastanie zu schälen.

Es gibt noch mehr. Sie liegen dort unter dem Laub.

Handke deutet auf eine Stelle neben dem Haus.

Ich hole Ihnen ein Messer, oder nehmen Sie doch das, was Sie schon benutzt haben.

Er geht ins Haus und kommt mit einem zweiten Messer zurück. Wir setzen uns nebeneinander an den Tisch und beginnen, weitere Esskastanien zu schälen. Das Haus steht da, der Garten ist da, und zwei Männer sitzen an einem Tisch, der eine ist Handke, der andere bin ich. Zwischen ihnen ist es wie immer, obwohl es noch nie war. Der eine ist berühmt, der andere bestenfalls ein Geheimtipp, doch dieser Standesunterschied tut nichts zur Sache. Sie unterhalten sich über diese verdammte Haut, die das Fruchtfleisch der Esskastanie überzieht und die so schwer abgeht, und der Gastgeber zeigt dem Besucher eine Stelle an der Unterseite einer Kastanie, die, so erklärt er, oft von strichartigen Zeichnungen bedeckt sei. Und sie unterhalten sich über Paris, der eine berichtet begeistert von einer Entdeckung, die er gestern im 12. Arrondissement gemacht habe, einem Haus, im Parterre befinde sich eine Polizeistation und in den oberen beiden Stockwerken ragten riesige metallene Nachbildungen des sterbenden Sklaven von Michelangelo in den Himmel, der andere sagt, er sei nur noch selten in Paris, nur wenn er ins Kino gehe, seine Geschichte mit der Stadt sei zu Ende, da zöge ihn nichts mehr hin.

Eigentlich zieht es mich nirgendwo mehr hin, höchstens ins Abseits.

Handke macht eine Pause und sagt dann:

Ich bin hier.

Seine Augen weiten sich, und da ist er, der offene Blick, den ich schon von den vielen Interviews, die ich im Fernsehen gesehen habe, kenne, und der immer dann auftritt, wenn ihm ein neuer Gedanke gekommen ist und er ihm Nachdruck verleihen will.

Ich bin hier, wiederholt er und lässt seinen Blick durch den Garten schweifen, und so wird das, was den Worten nach nichts als eine belanglose Feststellung ist, zu einer schönen Gewissheit.

Da ist übrigens der kleine Walnussbaum, von dem ich Ihnen geschrieben habe.

Er zeigt mit dem Finger auf den Baum, den ich eben schon entdeckt hatte.

Ich habe Ihnen Walnüsse mitgebracht.

Das habe ich mir gedacht.

Ich hole einige Nüsse aus der Tüte, die ich neben den Tisch gestellt habe, und demonstriere ihm den ‚Nussschlag' (die drei ‚s' sind – der neuen Rechtschreibung sei Dank – eine angemessene Lautmalerei für die Geschwindigkeit, mit der meine Faust auf eine Nuss herabfährt).

Die Kunst ist es, den Schlag abzubremsen, kurz bevor die Faust die Nuss trifft, so dass sie sie nur kurz berührt, aber ein Maximum an Schlagkraft an die Schale weitergibt, erkläre ich. Wenn das gelingt, bleibt das Innere weitgehend heil, während die Schale sauber in zwei Hälften bricht.

Wie viele Bäume haben Sie denn?

Ungefähr zwanzig. In allen Größen, von ganz jung bis ganz alt.

Verkaufen Sie die Nüsse?

An einen kleinen Großhändler. Er wohnt in der Eifel und ist nicht nur ein Pilz-, sondern auch ein Nussnarr. Wie ich auf ihn gestoßen bin, ist eine schöne Geschichte ...

Ich zögere einen Moment, sie zu erzählen, mustere Handke von der Seite, ob er aufnahmebereit ist, und werfe dann alle Bedenken über Bord:

Ich war bei ihm mehrere Jahre in Behandlung, und als diese zu Ende ging, ich aber noch weitere Stunden benötigte, die ich jedoch aus meiner eigenen, nicht gut gefüllten Tasche hätte bezahlen müssen, schlug er mir einen Naturalientausch vor: Was halten Sie davon, wenn ich Ihnen noch zehn weitere Stunden gebe, und Sie mir dafür hundert Kilo Walnüsse? Natürlich war ich einverstanden, und aus diesen einmaligen hundert Kilo wurden dann Jahr um Jahr hundert Kilo, und das seit mittlerweile fünfzehn Jahren, freilich nicht mehr zum Preis von zehn Therapiestunden, sondern das Kilo zu fünf Euro.

So muss man Geschäfte machen, sagt Handke anerkennend. Die Nüsse sind übrigens sehr gut, noch besser als die, die mir mein Bruder immer mitgebracht hat.

Er steht auf und geht noch einmal zu der Stelle, wo die Edelkastanien unter dem Laub liegen. Ich blicke ihm nach. Da steht er, der Mann, der vor fünfzig Jahren über Nacht ein literarischer Star geworden und seitdem nicht in der Versenkung verschwunden ist. Er wendet, mir den Rücken zukehrend, das Laub mit seinen Schuhen, und ich suche vergeblich nach den vom Erfolg geblähten Rockschößen, die ihm doch eigentlich hinterherflattern müssten. Nicht mal zu einem raumverdrängenden Auftreten, wie es bei vielen Erfolgsmenschen der Fall ist, haben ihn seine Erfolge verleitet. Wie er eben leichtfüßig zum Gartentor hereinkam: ein Mann, der kein Aufhebens um seine Person macht. Und wie er nun an den Tisch zurückkehrt:

ein Mann, der nur seine Haut, seine Empfindsamkeit, zu Markte trägt.

Eigentlich habe ich keine Lust essen zu gehen, sagt er, bei der Brasserie vor dem Bahnhof muss man immer ganz pünktlich sein, sonst gibt es nichts mehr. Sind Sie damit einverstanden, wenn ich etwas improvisiere? Ich habe noch Rinderschinken aus Österreich, Schafskäse, Rillette, Kartoffeln, Nüsse, Roquette, wie sagt man im Deutschen ...?

Rauke.

Ach ja. Wäre Ihnen das recht?

Oh ja, das wäre mir viel lieber.

Dann gehen wir ins Haus. Folgen Sie mir unauffällig.

16

Die Holzplanken der Passerelle Simone-de-Beauvoir münden übergangslos in die des weitläufigen Platzes, der sich als Rechteck zwischen den vier Hochhäusern der Bibliothèque Mitterrand erstreckt. An aufgeschlagene Bücher erinnernd, markieren sie nüchtern und rasterförmig die vier Ecken des Platzes, erheben sich übergangslos, ohne Sockel, als reine Glasfassaden aus dem Boden. Für Abwechslung sorgen Paneele aus hellbraunem Holz, die, im Inneren drehbar und als Jalousie dienend, vor jedem Fenster angebracht sind und je nach Ausrichtung unterschiedliche hellbraune ‚Schattierungen' auf der grauen Glasfassade entstehen lassen. Die Gebäude- beziehungsweise Buchhälften spiegeln sich ineinander, so dass es den Anschein hat, als stünden nicht zwei im rechten Winkel aufgeklappte Hälften einander gegenüber, sondern als kreuzten sich zwei Gebäuderiegel, als durchdringe die eine Hälfte die andere, und beide setzten sich jenseits der anderen fort.

In die Mitte des großen Platzes ist ein länglicher, dicht mit Bäumen bewachsener Innenhof eingelassen, mehrere Etagen tief, so dass man auf die Wipfel der meisten Bäume herabblickt, nur nicht auf die der Kiefern, die die anderen Bäume überragen und dem Waldstück einen dschungelähnlichen Charakter verleihen. Aus der Vogelperspektive betrachtet, ist es von einem breiten, sehr breiten, schlichten, grauen Holzrahmen, dem Platz, umgeben, und so ist es in der Tat ein ‚Waldstück', ein Bild von einem Wald, so wie man ein Bild vom Meer ein ‚Seestück' nennt.

Weiter heimwärts auf der rue de Tolbiac, rue de Rungis, da grünt es zwischen den Häusern, es ist der Parc Montsouris (Berg-Maus-Park), also hinein ins Grüne, und dann ins Blaue irgendwo auf eine Bank – da ist schon eine! –, das Fahrrad abgestellt, den Körper hingesetzt, das Buch aufgeschlagen: *„Er wendete die Seiten des Buches mit Vergnügen", wie einst Patricia Highsmith von einem erzählte, der ein Buch zur Natur las. Ja! Aber welche Weise des Vergnügens suchst du, brauchst du lesend? Sich selber erkennen – um mich selber zu wissen? Unmöglich, eine Art „Unsinn", frei nach G. Aber auch die anderen, sie alle, können mich nicht erkennen, womöglich noch weniger als ich mich selbst. Doch eines Tages oder eines Nachts, lesend – so oder so –, werde ich erstaunt werden, umfassend erkannt – wird um mich gewusst werden – werde ich gelesen werden. Unabweisbarer Gedanke, „Einfall". Tröstlich? Schrecklich? – Erhebend, so oder so.* So oder oh, oh, da hinten sind meine geliebten Betonzäune! Auf einen ersten, flüchtigen Blick scheinen sie aus armdicken Ästen gemacht, doch in Wirklichkeit (im Gewirkten) sind es mittels Schablonen hergestellte Betonknüppel mit einer oberflächlichen Holzanmutung, die – im Gegensatz etwa zu einer kunstvollen, Marmor vortäuschenden Gipsbemalung – in ihrer plumpen Fälschung etwas Naives, Liebenswertes haben und ihre täuschende Kraft vollends verlieren, wenn an verschiedenen Bruchstellen die rostige Armierung sichtbar wird.

Jenseits des Boulevard Jourdan beginnt das parkähnliche Gelände der Cité universitaire, in das viele, jeweils einer Nation zugeordnete Häuser eingestreut sind. Ich gleite über die hauptsächlich Fußgängern vorbehaltenen Straßen, die die Cité durchziehen, und es ist, als führe ich durch eine Villengegend, die mit ihren gepflegten Rasenflächen und alten Bäumen mitunter den Charakter eines altehrwürdigen englischen Campus annimmt. Alles hat seine wohltemperierte Ordnung, man ist aufgehoben in der Welt der Bücher und des Studiums.

Die Cafeteria auf der Rückseite der Maison internationale ist geöffnet. Ich setze mich mit einem Pappbecher Kaffee auf eine weitläufige Terrasse, vor der sich eine fußballfeldgroße Rasenfläche ausdehnt. Im Sommer lagern dort sicher viele Studenten, im Moment nur ein Mann und eine Frau, die sich gegenseitig wärmen. Hier hätte ich auch gern studiert. Und dann ein französisches Olala-Mädchen kennengelernt, wir hätten jeden Sommertag bis zur Abenddämmerung eng umschlungen auf der Wiese gelegen, wie jenes Paar, das jetzt dort liegt. Nach dem Studium wären wir dann für mehrere Jahre ins Ausland gegangen, nach Chile oder Japan, schon in Begleitung unserer ersten beiden Kinder, dann wären wir nach Marseille gezogen, hätten dort noch drei weitere Kinder bekommen und hätten uns, nachdem alle Kinder aus dem Haus gewesen wären, neu ineinander verliebt, wären nach Paris gefahren, hätten die Cité, die Stätte unseres Kennenlernens besucht und uns auf die Wiese gelegt, wie damals, und da lägen wir nun, uns gegenseitig wärmend.

Jenseits der Rasenfläche ragt ein schlanker Kirchturm auf, der eigentlich schon hinter dem Boulevard Périphérique liegen müsste. Ich steige wieder aufs Rad und fahre wehmütig über den holprigen Rasen, an dessen Ende das Gelände steil ansteigt zu einer Fußgängerbrücke über den Gürtel der Stadtautobahn. In der Tat, die Kirche liegt jenseits des sogenannten Boulevard de Ceinture, bereits nicht mehr in Paris, sondern in Groß-Paris, in Montrouge, im Zwickel der Gürtel- und der von ihr Richtung Bordeaux abzweigenden Autobahn. Sie wurde wie die Kirche Saint Esprit aus armiertem Beton, also in den dreißiger Jahren des letzten Jahrhunderts gebaut und ist mit ihrem hohen Glockenturm und den vier, mehrere Stockwerke hohen Bronze-Engeln ein Wahrzeichen des südlichen Paris. Die schmalen, türkisfarbenen Figuren streben auf Höhe der Glocken, die Handflächen zum Gebet aneinandergelegt, mit eng anliegenden Armen in die Höhe und überragen mit dem oberen Drittel ihrer halb entfalteten Flügel den offenen, säulenumstandenen Glockenraum. Ein Kirchturm, der mit Skulpturen, die allein durch ihre Größe und die Andersartigkeit des Materials aus der übrigen Architektur des Turms hervorstechen, bestückt ist, hat Seltenheitswert.

Ein älterer Mann kommt aus der Richtung Montrouge auf die Brücke und stellt sich etwas entfernt neben mich.

C'est fou, knüpft er ein Gespräch an mit Blick auf den Verkehr der Périph. Ich stimme ihm zu.

Ich kenne die Gegend noch, bevor es den Boulevard Périphérique gab, sagt er, da gehörte die Kirche noch zur Cité universitaire.

Vraiment?, rufe ich überrascht aus, ich hatte mich schon gefragt, aus welchem Grund man eine Kirche absichtlich in direkte Nähe zweier Autobahnen baut.

C'est fou, sagt er noch einmal und verlässt kopfschüttelnd die Brücke. Ich starre weiter auf den Verkehr. Stau auf der inneren, Fluss auf der äußeren Périphérique. Weißes Verkehrsrauschen. Unaufhörlich. Aus dem monotonen

Bild erhebt sich ein anderes: Eine Landstraße, in einer abgelegenen ländlichen Gegend, still liegt sie da, ein Band der Abwesenheit, das sich durch die Landschaft zieht. Ein Mann geht mitten auf der Straße. Schon lange ist kein Auto mehr gekommen. Mit einem Mal hält er inne, kniet sich hin und legt das Ohr auf den Asphalt. Das nächste Auto kommt erst in den frühen Morgenstunden, weiß das Ohr zu berichten, aber bald, schon in wenigen Minuten, wird ein Fahrrad kommen, mit einem Korb am Lenker und vier Avocados darin, sowie einem Kilo Spinat und einem Kilo Spargel und, zum Schluss, aber nicht zuletzt, fünfhundert Gramm Licht und Schatten von einer Baumwand.

17

Das wollte ich Ihnen noch zeigen, sagt Handke, ich habe hier einen Weg aus Muscheln gemacht, die ich aus der Picardie mitbringe.

Er deutet auf zwei weiße, im Gras aufscheinende parallele Linien. Holt dann einige kleinere Muscheln aus seiner Hosentasche und drückt sie dort, wo die Linien etwas dünn sind, in den Boden.

Auf dem Weg mache ich meine Übungen, sagt er und verfällt kurz in ein Laufen auf der Stelle, wobei er die Arme übertrieben hin- und herbewegt. Dann geht er ein Stück den Weg entlang und öffnet in einem Anbau hinter dem Haus eine Tür.

Und hier war meine Schreibstätte, als die Familie noch im Haus war.

Ich schaue kurz hinein.

Haben Sie hier den *Geglückten Tag* geschrieben?

Nein, das war in einem Zimmer unter dem Dach, bevor es Kinderzimmer wurde.

Ihr erstes Buch in diesem Haus, nicht wahr?

Ja, mit ihm habe ich es eingeweiht.

Er lächelt schüchtern. Dann wird sein Gesicht ernst.

So, jetzt muss ich wirklich aufbrechen, ich bringe Sie noch zur Schwelle.

Wir gehen zum Gartentor.

Ich hoffe wir treffen uns mal wieder, sage ich zum Abschied.

إن شاء الله, sagt er, so Gott will.

Von einem sanften Glücksgefühl durchdrungen, gehe ich, ohne mich noch einmal umzudrehen, wieder durch die dunkle Allee, dieses Mal ist kein Licht am Ende des Tunnels zu sehen, nur die, wie H es nennt: Überlandstraße. Wenig später laufe ich im Hafen des Bahnhofsvorplatzes ein, die drei Tische vor der Brasserie sind leer. Der Blumenhändler ist gerade dabei, seine Topfpflanzen ins Geschäft zu räumen, überhaupt ist der Platz weniger belebt als heute Morgen. Der Kiosk hat noch offen. Soll ich dem Besitzer von meinem Treffen mit Monsieur Andke berichten? Nein, kein Wort darüber, unser Gespräch wogt still in mir und darf in keinster Weise angerührt werden.

Ich betrete den Bahnhof – dieses Mal ist es der richtige –, will mir schon eine Karte kaufen, als ich zögere und kehrtmache. Noch ist es nicht an der Zeit, jenen Ort zu verlassen, an dem das Gespräch stattgefunden hat, noch brauche ich seine geografische Nähe, um es ausklingen zu lassen. Ich überquere den Platz und betrete die ‚drei Bahnhöfe'. In der Brasserie ist nicht viel los. An der Theke sitzen ein paar Gestalten vor ihrem Pastis. Mehrere Fernseher laufen. Ein Teil der Tische ist für das Abendessen gedeckt: Messer, Gabel, Wasser- und Weingläser sind um eine Unterlage aus Papier gruppiert. Ich wähle einen ungedeckten Tisch am Fenster, von dem man einen freien Blick auf den Bahnhofsvorplatz hat. Wind ist aufgekommen. Eine Plastiktüte wirbelt durch die Luft, der Wind treibt sein Spiel mit ihr, lässt sie kurz fallen, wirbelt sie wieder hoch bis in die Höhe der Baumkronen, trägt sie ein Stück Richtung Bahnhof, in der Nähe des Kiosks berührt sie fast den Boden, steigt wieder auf, und so geht das mehrere Minuten, ein Hin und Her und Auf und Ab, bis der Wind sie fortträgt aus meinem Gesichtskreis.

Und wie war's?, meldet sich eine altbekannte Stimme.

Ach, du schon wieder ...

Mir war, als hätte ich deine Stimme vernommen.

Das musst du geträumt haben. Die Wartezeit ist vorbei, wie ich dir vor Stunden schon gesagt habe, und damit auch deine Anwesenheit.

Keineswegs. Eine neue alte Wartezeit ist eingeläutet. Nach H ist vor H.

Wie meinst du das?

Erkläre ich dir später. – Also wie war's ... Ich würde das Gespräch gerne noch einmal Revue passieren lassen.

Ich aber nicht.

Vier Ohren hören mehr als zwei. Ich bin mir sicher, dass ich vieles bemerkt habe, was dir entgangen ist. Außerdem kenne ich deine Vergesslichkeit.

Mag sein, aber ich will jetzt einfach hier sitzen und aus dem Fenster schauen, nichts weiter. Ich will das Gespräch nicht zerreden, es wogt in mir wie ein stiller Ozean. Meinetwegen sprich mich später noch mal an.

Einverstanden. Und noch etwas: Ich bin nicht dein Altbekannter, sondern dein Begleiter.

Einen Begleiter habe ich schon.

Dann dein Mitspieler.

In welchem Spiel? Mensch, ärgere dich nicht?

Könnte man so sagen.

Der Kellner kommt an meinen Tisch, um die Bestellung aufzunehmen.

Einen Espresso bitte.

Ich schaue wieder auf den Platz.

Ein dünnes Papier, eines von der Art, wie es in Konditoreien verwendet wird, um die Tortenstücke zu schützen, liegt unterhalb eines Papierkorbs. Der Wind hebt es behutsam hoch, es gleitet eine kurze Strecke über den Asphalt, wie ein Plattfisch über den Meeresgrund. Dann kommen ein paar Leute aus dem Bahnhofsgebäude. Sie haben Feierabendgesichter und steigen in ihre Autos.

Die Welt geht unter, so oder so, sagt der Fernseher (in seiner Eigenschaft als Büchse der Pandora). Seine Stimme dringt wie aus weiter Ferne an mein Ohr: In Brüssel ist der Flughafen inzwischen wieder in Betrieb. Und der dritte Terrorist, der mit dem schwarzen Hut, der auf der Überwachungskamera gesichtet wurde, ist geschnappt worden. Ein Terrorismusexperte wird befragt: Wie konnte das passieren? Und wird es wieder passieren?

Ich fische meinen Begleiter aus meiner Jackentasche und lehne das Dia gegen den Zuckerstreuer, so dass er den Platz im Blick hat. Dann schlage ich die *Baumschattenwand* auf, als wollte ich Handkes Stimme wieder hören, und da ist sie und liest mir vor, während ich zu lesen beginne: *Die Freude wartet überall – sogar auf den Freudenfesten / „Zu lesen, ein Buch zu lesen, verlangt Geduld?“ – Unsinn: ein Buch erzeugt, schafft, schöpft Geduld, und daran erkennst du das Buch „Buch“ / Wer ist der Heilige der Geduld? Er wird gebraucht zum Anrufen, wie kaum sonst ein Heiliger.*

Ist es nicht eher eine Heilige, nämlich die heilige Patientia, meldet sich der Altbekannte wieder zu Wort, eine Märtyrerin wie die heilige Leocadia, die von den bösen Blicken der Ungeduldigen gesteinigt wurde?

Verdammt! Jetzt ist Handkes Stimme weg, du hast es geschafft!

Entschuldige, aber ich habe bereits eine halbe Stunde gewartet.

Geduld ist nicht gerade deine Stärke.

Du bist noch nicht bereit?

Nein!

Wann denn?

Weiß ich nicht.

Tu mir den Gefallen, sei nett und folge Handke jetzt unauffällig in sein Haus.

Nein.

Da kommt der Kellner, willst du noch etwas trinken? Ich gebe dir einen aus.

Einen Kir Royal bitte.

Der Kellner kehrt zum Tresen zurück und teilt dem Wirt, einem arabisch aussehenden Mann, die Bestellung mit. Dieser hält ein Sektglas unter den Portionsspender einer Cassis-Flasche, und die rote Flüssigkeit strömt ruckartig hinein. Dieser Vorgang, das Hochschieben des Glases und das daraufhin fast gleichzeitige Einströmen der Flüssigkeit, hat mich seit je fasziniert. Ob es an der Leichtigkeit, mit der man der Flasche ihren Inhalt entlocken kann, liegt, frage ich mich, oder ob es gar das Sinnbild des Gestilltwerdens ist?

Wenige Minuten später steht ein Glas roséfarbenen Schaumweins vor mir. Ich proste meinem Begleiter zu und nehme einen tiefen Schluck.

18

Folgen Sie mir unauffällig, sagt Handke, steht vom Tisch auf und geht Richtung Haus. Ich folge dem Edelkastanien-, dem edlen Kastanienschäler durch den Windfang und die sich anschließende kleine Diele hinein in einen größeren, durch eine halbe Wand geteilten Raum, auf dessen Dielenboden einige Bücherstapel in die Höhe ragen (wachsen?). Handke deutet auf einen Tisch, der größtenteils mit Fundstücken aus Feld, Wald, Wiese und anderen Landschaften bedeckt ist.

Hier können wir essen, sagt er und beginnt die Fundsachen zur Seite zu schieben, um Platz für die Teller zu schaffen.

Am besten lege ich zwei Tücher unter, überlegt er, das Holz ist unbehandelt, nur, wie sagt man, geschmirgelt.

Er verlässt den Raum und kommt mit zwei weißen Stofftüchern wieder, faltet sie und legt jeweils ein Tuch auf die beiden für die Teller vorgesehenen Plätze.

Ich habe noch eine Suppe, eine Gemüsesuppe, nichts Besonderes, wollen Sie probieren?

Oh ja, eine Suppe ist immer gut. Soll ich Ihnen helfen?

Nein, nein, bleiben Sie ruhig sitzen.

Darf ich mich einmal umsehen?

Tun Sie, was Sie nicht lassen können.

Er verschwindet wieder in der Küche. Ich betrachte die auf dem Tisch liegenden Samenkapseln, Vogelfedern, Kieselsteine, Äste, Kiefernzapfen und vieles mehr. Sie liegen dort nicht wie ausgestellt oder zu dekorativen Zwecken inszeniert, sondern eher wie von einem Kind zur Aufbewahrung und Ansicht hingelegt: Schaut mal, was ich auf meinen Abenteuergängen alles gefunden habe!

Handkes Fundbüro, Handkes Museum der Mitbringsel, geht es mir durch den Kopf. Ich verlasse den Tisch und beginne im Raum, in diesem Wohn-, Arbeits- und Aufbewahrungszimmer, umherzuwandern, fast wäre ich auf einem der dünnen Orientteppiche, die nur wie ein Hauch auf den Holzdielen liegen, ausgerutscht. Da lehnt eine Bambusleiter an der Wand, ein Fußballtrikot ist über etwas anderes, das an der Wand hängt, geworfen, verschiedene gerahmte und ungerahmte Zeichnungen lehnen gegen ein Sofa, ein Glas voller Pinsel steht unter einem Stuhl, Bücher machen vor keinem Möbelstück Halt, stapeln sich auf einem Stuhl, auf dem Boden, auf der Lehne des Sofas oder bilden mit anderen Dingen, wie eben diesem Pinselglas, kleine Stillleben.

Handke kehrt aus der Küche zurück, stellt eine Flasche Chablis auf den Tisch und einen Teller Gemüsesuppe vor mich hin.

Machen Sie bitte die Flasche auf, ich kann das im Moment nicht.

Seine Hand, die er sich vor einigen Wochen gebrochen hat (als er seinen Nachbarn erschlagen hat, wie er bemerkt), ist noch nicht ganz wiederhergestellt. Ich nehme den Korkenzieher und klemme die verheißungsvoll kühle Flasche zwischen die Oberschenkel, während er den zweiten Teller Suppe aus der Küche holt. Es macht laut Plopp!, und das Geräusch schallt durchs Haus. Ich will ihm ein Glas einschenken, aber er hält die Hand darüber.

Gleich, sagt er.

Ich probiere einen Löffel von der Suppe und lasse das weich gekochte Gemüse auf der Zunge zergehen.

Schmeckt Ihnen die Suppe? Ich habe auch Esskastanien reingetan.

Sehr gut. Ich mag gerne ausgekochte Suppen. Die Gemüsestücke haben die richtige Größe, nicht zu groß und nicht zu klein.

Wie war die Kommunion Ihrer Tochter?

Ganz schön. Obwohl ich nicht gläubig bin, habe ich doch viel übrig für diese kirchlichen Rituale, insbesondere die ‚Wandlung', wenn der Priester die Oblate in die Höhe hält und die Messdiener die Glöckchen erklingen lassen, wenn er aus dem goldenen Becher trinkt und ihn dann sorgfältig mit einem weißen Tuch trockenwischt.

Ich mag das Zusammenspiel der Worte von Priester und Gemeinde, ich mag die feierliche Atmosphäre, es tut gut, das Alltägliche hinter sich zu lassen ...

Sie dürfen das Essen nicht vergessen, unterbricht er mich.

Ich rede zu viel.

Nein, nein, winkt er ab, reden Sie nur.

Es war schön zu sehen, wie unbekümmert meine Tochter war. Nach dem Essen ist sie mit den anderen Kindern nach draußen auf einen Spielplatz gegangen und dann ist sie mit ihrem makellosen weißen Kleid die Rutschbahn, die sie vorher mit Sand bestreut hatte, runtergerutscht. Sie heißt übrigens mit zweitem Namen Leocadie.

Meine zweite Tochter heißt mit erstem Namen so. Der Name kommt aus dem Spanischen. Es gibt die heilige Leocadia von Toledo. Der Legende nach war sie eine Adelige und von großer Schönheit. Während der Christenverfolgung unter einem römischen Kaiser, ich habe den Namen vergessen, wurde sie ins Gefängnis geworfen und gefoltert. Bevor sie starb, hat sie angeblich noch das Kreuzzeichen in die Felswand ihres Kerkers gedrückt – so stark war sie, fügt er mit einem Lächeln hinzu. Dann stellt er die Suppenteller zusammen und geht wieder in die Küche. Ich bleibe am Tisch sitzen. Oha, ich muss mich mäßigen, denke ich, ich rede zu viel. Aber es gefällt mir, eher der Befragte als der Frager zu sein. Seine Gegenwart löst mir die Zunge. Er scheint sich wirklich für mich zu interessieren, hätte er sonst nach der Kommunion meiner Tochter gefragt, die ich in unserem letzten Telefongespräch erwähnt hatte?

Er kommt mit flachen Tellern aus der Küche zurück. Wir brauchen mehr Platz. Ich schiebe die Fundsachen noch enger zusammen. Handke nimmt eine kleine Statue in die Hand.

Das ist Tolstoi, erklärt er mit einem gewissen Nachdruck, ich habe den Kopf erst vor kurzem gekauft.

Ich nicke stumm, denn ich weiß nicht recht, was ich dazu sagen soll, und verschweige, was ich dazu sagen könnte, nämlich, dass ich noch nie etwas von dem russischen Schriftsteller gelesen habe.

Sind Sie ein Leser?

Doch, ja, antworte ich nach kurzem Zögern, wenn das Buch mich liest. Ein sogenannter ‚gut erzählter' Roman bringt meine Augen nicht wirklich zum Leuchten. Wenn zwischen den Zeilen nicht so etwas wie eine ‚Suchbewegung' zu spüren ist – so haben Sie das mal in einem Interview genannt –, dann wird mir das Buch schnell fad. Was Sie in *Tage und Werke* zu diesem Thema geschrieben haben, hat mir gefallen, Sie schrieben, dass Erzählen ein Verwandeln des Geschehenen in Rhythmus und Bild sei, und dass diese Verwandlung nicht geplant werden oder aus einem vorgefassten Stilwillen kommen kann. Ich glaube, in diesem Verwandeln, das bei jedem Buch neu zu gestalten ist, kommt diese Suchbewegung zum Ausdruck. Wenn die Worte endlich die rechte Form finden, dann findet ein wahres Erzählen statt. Bestes Beispiel ist Ihre *Baumschattenwand*: Nur in dieser Kürze, in dieser Prägnanz entwickeln die ‚Anflüge' ihre Kraft, so dass sie wirken, als seien sie wie aus dem Hut gezaubert.

Handke schweigt. Ich renne wohl offene Türen ein, oder er mag es nicht gelobt zu werden. Wie dem auch sei, ich werde meiner stillen Begeisterung weiterhin freien Lauf lassen, schließlich gleite ich auf ihren Wogen durch das Gespräch.

Handke geht in die Küche und kommt mit einem Teller goldgelber Kartoffeln wieder.

Ich habe übrigens die Anflüge unterwegs im Fernbus gelesen und dabei oft aufgeschaut, weil ich dem Gelesenen noch einmal nachspüren wollte. Gut Buch macht aufblicken.

Handke lächelt und sagt entschuldigend: Ich muss noch mal in die Küche den Rest holen.

Der Rest besteht aus zwei weiteren Tellern, auf dem einen ist ein Bett aus Rauke angerichtet, in dessen Mitte Walnüsse, umgeben von Stücken von Schafskäse, aufgehäuft sind, auf dem anderen eine Rillette von der Ente neben Tomaten, Oliven und Rinderschinken, der die dunkelrote Farbe geronnenen Blutes hat. Handke reicht mir nacheinander die verschiedenen Teller. Ich nehme von allem eine kleine Portion und probiere. Dann ergibt ein Wort das andere, und zwischen all den kulinarischen Köstlichkeiten kommen die Dinge des Lebens auf den Tisch, darunter das Internat, jene Kaserne, in die wir beide gegangen sind.

Ein in der Kindheit erlittenes Trauma vergisst man sein Lebtag nicht, stelle ich fest, so sehr man sich auch bemüht. Das ist wie Malaria, und ich habe mir inzwischen angewöhnt, davon wie von einer Krankheit zu sprechen, die immer wieder in Schüben auftritt.

Warum vergessen? Das ist doch ein Schatz, sagt Handke nachdrücklich, das ist das Leben, so spielt es. Ich habe längst aufgehört, Erfahrungen in gute und schlechte zu unterteilen. – Haben Sie damals Sport getrieben?

Oh ja, wir haben jeden Tag Fußball gespielt vor dem Schulgebäude. Der Fußball hat mir das Leben gerettet. Sonst hätte ich es nicht ausgehalten. Mögen Sie Fußball?

Leidenschaftlich. Ich hole mir manchmal die *L'Équipe* am Kiosk, andere Zeitungen lese ich kaum noch. PSG hat gestern verloren, ich habe mir das Spiel in der Brasserie angesehen, hin und wieder tut es gut, unter Leute zu gehen.

Ich will ihm noch ein Glas Wein einschenken, aber die Flasche ist leer.

Wollen Sie noch ein Glas? Ich habe noch einen österreichischen Rotwein, der schon offen ist.

Er geht in die Küche, um die Flasche zu holen. Ich blicke aus dem Fenster. Von meiner Warte ist nur ein kleines Stück Himmel zwischen den Bäumen zu sehen. Die Wolken stehen noch immer groß und weiß am Himmel. Und ich sitze noch immer mit dem Mann, dessen Bücher ich, seit er in der Niemandsbucht wohnt, wieder entdeckt habe, an einem Tisch, er bewirtet mich mit seiner Offenheit, durch sein Beispiel lädt er mich ein, meine Gedanken, wie Kleist es einmal gesagt hat, allmählich beim Reden zu verfertigen. Ich bin mitten in einem Gespräch, das kurz angefangen hat, vor langer Zeit, und lang aufhört, in ferner Zukunft.

19

In der Büchse der Pandora wird über das Ausscheiden der Pariser Fußballmannschaft im gestrigen Champions-League-Spiel berichtet, von großer Enttäuschung ist die Rede, Trainer und Spieler werden interviewt. Der Wirt hat die Hand vom Zapfhahn genommen und verfolgt die Sportnachrichten.

Hättest du gedacht, dass er ein solch leidenschaftlicher Fußballfan ist?, sagt der Mitspieler.

Nein.

Deswegen auch das Trikot an der Wand. Wenn ich mir eine grundsätzliche Bemerkung erlauben darf zu eurem Gespräch ...: Handke hat aufgetischt und du hast aufgetischt, er mehr aus seiner Küche, und du mehr aus deinem Leben. Und was mir auch noch aufgefallen ist: sein phänomenales Gedächtnis. Er hat sich – ich glaube, es war, als ihr noch im Garten gesessen seid – daran erinnert, dass du im *Holunderkönig* eine verschmutzte Fensterscheibe im ersten Stock seines Hauses erwähnt hast, das ist immerhin über zehn Jahre her.

Der Kellner kommt an den Tisch und erkundigt sich, ob ich noch etwas wünsche. Ich werfe einen Blick auf die Speisekarte. Neben traditioneller Küche (Cuisine traditionnelle) gibt es donnerstags, freitags und samstags die Weltküche (Cuisine du Monde): Couscous, Tajine und Moules frites. Moules frites? Das ist doch wohl eher Terror- als Weltküche?

Ich möchte zahlen!

Was? Jetzt schon? Wir sind doch noch längst nicht am Ende ...?

Ich spüre gerade wieder diese wohlige Weite in mir, ich brauche eine Pause.

Ich dachte, ich wäre dir von Nutzen.

Und ich dachte, du wärst mein Mitspieler, nicht mein Belästiger. Versteh mich nicht falsch, ich schätze dein fotografisches Gedächtnis. Gleichzeitig aber habe ich das Gefühl, ich müsste das Gespräch vor dir schützen, vor dem sezierenden Licht deiner Erinnerung, vor deinen Mutmaßungen, ich will nicht, dass es bis in die letzten Winkel ausleuchtet wird. Eine Fahrt mit dem Zug ist jetzt genau das Richtige. Das Vorüberziehen der Landschaft hilft dem Verdauen auf die Sprünge. Du kommst später wieder ins Spiel.

Ich stecke die *Baumschattenwand* und meinen Begleiter in meine Tasche, lege einen Geldschein auf den Plastikteller mit der Rechnung, die der Kellner soeben gebracht hat, verlasse die Brasserie und steuere auf den Zeitungskiosk zu. Der Besitzer sieht mich erwartungsvoll an.

Es war ein gutes Gespräch, sage ich knapp, ich kann Ihnen sein neues Buch nur empfehlen.

Wie heißt es?

Oh, der Titel ist schwer zu übersetzen, ich versuche es mal: *Devant le mur d'ombre des arbres ... dans la nuit*, so ungefähr.

Ein Heft von Le Monde über Jean Genet, das in einem Zeitungsständer steckt, erregt meine Aufmerksamkeit. Sogleich lodert eine dunkle Flamme in mir auf, dieser Autor bringt meine Gefühlsordnung durcheinander wie kein zweiter. Ich blättere kurz in dem Heft und stoße auf ein Interview, in dem er auf die Frage, ob er beim Schreiben schon einmal Glück empfunden habe, antwortet: Ein einziges Mal, beim Schreiben von: *Die Wände*. Alles andere habe ihn ziemlich gelangweilt, aber er habe ja schreiben müssen, um aus dem Gefängnis zu kommen.

Der Vorortzug lässt nicht lange auf sich warten. Es geht über Meudon und Issy zurück in die Hauptstadt. Wie sich von Vorstadt zu Vorstadt die Häuser allmählich verdichten, bewaldete Hänge und schließlich auch die Gärten verschwinden. Im Stadtteil Javel stößt der Zug ans Ufer der Seine. Hatte Handke nicht die gleichnamige Metrostation in seiner Rede zur Entgegennahme des Grillparzer-Preises erwähnt – dass er dort Franz Grillparzer gesehen habe in Gestalt eines Clochards, der inmitten von Plastiksäcken saß und deren Inhalt um sich scharte? Weiter geht es den Fluss entlang, vorbei am Parc André-Citroën, wo sich, statt eines Aussichtsturms, ein fest installierter, auf- und absteigender Aussichtsballon befindet, vorbei an der Freiheitsstatue am westlichen Ende der sogenannten Schwaneninsel, hinter deren Namen sich ein Betondamm mitten in der Seine verbirgt. Dann verschwindet der Zug in einem Tunnel. An der Station Austerlitz fährt er nicht weiter, die Türen bleiben offen. Und sie bleiben lange offen. Ratlosigkeit macht sich breit, doch die Fahrgäste sind einiges gewohnt und versinken bald in Gleichgültigkeit oder starren auf ihre Mobiltelefone. Schräg gegenüber sitzt eine Frau und liest ein dickes Taschenbuch. Sie hat die Seiten untergeschlagen, so dass sich die Größe des Buches um fast die Hälfte zu der eines Smartphones reduziert. Mobilisiert sie den Tolstoi in sich, wie es in der *Baumschattenwand* heißt? Meine Gedanken kehren zu der kleinen Statue zurück, die Handke mir zeigte, und zu all den anderen Gegenständen, die auf dem Tisch standen. Ihre Anordnung, so kommt es mir jetzt vor, ist nicht das Werk eines Geheimniskrämers, der das Gras wachsen hört, sondern eines Mannes, der den Dingen einen Platz zuweist – in der Menge, nicht in einer Vitrine –, und dieser Platz ist kein magischer, nicht der ihnen einzig und allein zukommende, sondern ein Platz, da wo Platz ist, und wo sie über das bloße Aufbewahren hinaus in Erscheinung treten können. Ja, es sind Gegen-stände, und das Wort leuchtet mir vollkommen ein, sie stehen gegen, ihre vermeintliche Magie liegt darin, dass sie, indem sie gegenstehen, den Blick kreuzen, ihm auf die Sprünge helfen, Anlass zur Achtsamkeit sind. Hey, junger Mann, Augen auf! Sehe und schaue, schaue und sehe, Hut ab, Herz und Hirn auf! Wie man die Dinge anblickt, so tönt es heraus, so sprechen sie zum Betrachter, man könnte sie als ‚gegenständliche Anflüge' bezeichnen.

Sie sind Lebensmittel im buchstäblichen Sinn, meldet sich der Mitspieler wieder, sie erzählen von der Fülle des Daseins und vom ‚Wohnen als Wirtschaften'.

Nicht schlecht! Du hast den Nagel auf den Kopf getroffen, deshalb will ich dir dein ungefragtes Hineinreden, dein Dich-selbst-Einwechseln, noch einmal verzeihen.

Ich dachte, wir könnten, da die Metro ja im Moment stillsteht und keine Landschaft vorüberzieht, das Gespräch wieder Revue passieren lassen. Ich habe mir inzwischen auch ein paar Gedanken gemacht.

Lass hören!

Zu den Lebensmitteln oder zur Hauswirtschaft gehören auch oder insbesondere die Bücher, die in Handkes Buchlandschaftszimmer gestapelt sind. Ein Bücherstapel ist ein Sinnbild dafür, dass die Bücher zwar gelesen, doch im Leser weiter wirken: Sie sind nicht ins Regal zurückgestellt, nicht abgelegt.

Könnte man von einer begehbaren Bibliothek sprechen?

Nein, höchstens von einer Büchersammlung, oder besser: einer Bücher*an*sammlung.

Das sehe ich auch so. Handke ist ein Leser, kein Buchsammler. Und er liest gerne so, dass man es dem Buch ansieht, wie und wo es gelesen wurde, es stört ihn nicht, wenn der Ort Spuren hinterlassen hat, etwa ein Blatt, das sich wellt, nachdem es vom Regen nass geworden ist ...

... oder wenn eine Mücke in den Falz geraten und dort zerquetscht worden ist ...

... oder wenn er einen reifen Bovist zusammengedrückt und ihn wie einen Vulkan seine feine Sporenasche über die Buchseite hat ausspeien lassen ...

Ist das nicht etwas weit hergeholt?

Nicht für einen Pilzsammler, wie Handke einer ist. Dabei fällt mir ein, dass wir auch über Pilze gesprochen haben, und zwar, nachdem er den Hauptgang serviert hat.

Fehlen nur noch die Dingsda, habe ich gesagt, auf sein Buch *Lucie im Wald mit den Dingsda* anspielend, während ich mir von dem Schafskäse und dem Rucolasalat auf den Teller tat.

Die sind aus, sagt Handke, ich habe letztens nur ein paar Ritterlinge gefunden.

Sonst hätten wir einen Mushroom Talk machen können.

Handke sieht mich fragend an.

John Cage hat sich einmal mit ein paar Freunden und Bekannten zu einem Gespräch getroffen, sie saßen an einem Tisch, in dessen Mitte eine Schüssel mit Pilzen stand, die sie dann im Lauf der Unterhaltung gegessen haben.

Wie sieht es denn mit Pilzen in Ihrer Gegend aus?

Da muss man schon weit aus der Stadt herausfahren. Im letzten Herbst gab es Wiesenchampignons und Schirmpilze en masse. Da war endlich mal das scheinbar eherne Gesetz ‚Köstlich, aber selten' durchbrochen.

Ich mag es lieber, wenn die Pilze einzeln stehen, es geht nichts über einen unverhofften Steinpilz.

Als Handke das sagte, hat es bei mir Klick gemacht ...

Halt, stopp, du hast gar nicht ...

Lass mich ausreden! Mir wurde schlagartig bewusst, warum ich so gerne Pilze suche, sie sind wahre Gegenstände, sie stehen gegen wie nichts auf der Welt! Sie erheben sich aus dem Durcheinander des Waldbodens in ihrer einzigartigen Form, weder einer Pflanze noch einem Tier gleichend. Deshalb ist ihr Anblick immer wieder aufs Neue beglückend. Im Unterschied zu den Walnüssen. Die sucht man nicht, die sammelt man. Da wiegt die Masse die mangelnde Einzigartigkeit auf – was wolltest du sagen?

Du hast gar nicht mit ihm über Pilze geredet!

Wie bitte?

Pilze kamen in eurem Gespräch nicht vor.

Icvor h weiß doch wohl, was ich gesagt habe! Mit Handke ein Gespräch zu führen und nicht über Pilze zu reden, ist doch ein Ding der Unmöglichkeit!

Du verwechselst das vielleicht mit einem der vielen Gespräche, die du mit ihm im Geist geführt hast oder im Traum, wie zum Beispiel im *Holunderkönig*, da hast du tatsächlich mit ihm über Pilze geredet, aber das war fiktiv und ist schon lange her ...

Unsinn! Ich erinnere mich genau, wie es bei mir Klick gemacht hat und ich gedacht habe: Oh, jetzt ist unsere Unterhaltung zu einem Gespräch geworden, in dem man auf

Gedanken kommt, die man vorher noch nicht gedacht hat, in dem das Nach- zum Neudenken führt – also ich bitte dich, wenn das kein Beweis ist!

Lassen wir es auf sich beruhen, ich will mich nicht mit dir streiten.

Sei mal ruhig, da kommt eine Durchsage.

Im Lautsprecher des Waggons ist ein Rauschen zu hören, dann regt sich eine Stimme. Ich verstehe nicht mehr als ein paar Wortfetzen, aus denen ich mir zusammenreime, dass ein verdächtiges Gepäckstück auf einem Bahnhof gestanden hat, unschädlich gemacht worden ist und der Weiterfahrt nichts mehr im Weg steht.

Die Türen schließen sich und der Zug fährt an. An der nächsten Metrostation Bibliothèque Mitterrand steige ich aus und, wie immer, wenn ich an einer mir unbekannten Station aussteige, bin ich, nachdem mich die Rolltreppe hinaufgetragen und sich mein Kopf Stufe um Stufe ins Licht geschoben hat, gespannt, was mich an der Oberfläche erwartet.

20

Eine breite Straße mit dem hochtrabenden Namen *Avenue de France* zieht sich durch ein neu entstandenes Büroviertel südlich des Austerlitz-Bahnhofs. Sie ist von dunklen und gläsernen Rasterfassaden gesäumt, die das Licht grau zurückwerfen. Der Blick prallt ab von ihnen und wird auf die Flucht der Frankreichstraße gelenkt, auf deren Bürgersteigen die Menschen strömen und es ansonsten nur Schnurgerades und Rechtwinkliges zu sehen gibt. Und doch fordert mich die Gegend zu einem Spaziergang heraus. Ich will wissen, warum in dieser hässlichen Umgebung die Trottoirs so voller Menschen sind. Ist gerade Büroschluss? Dafür ist es doch längst zu spät. Bis jetzt kannte ich diese Reißbrettgegenden nur als unbelebte Straßenzüge, in denen vereinzelt Menschen in Erscheinung treten, scheinbar nur auf der Straße, um, wie bei einem Architekturmodell, das Größenverhältnis anschaulich zu machen.

Unterwegs begegnen mir Straßennamen wie rue Thomas-Mann, rue Olivier-Messiaen oder Place d'Antelme. Eine rue Peter-Handke gibt es nicht. Vielleicht, weil er noch nicht gestorben ist, oder wegen seiner Stellungnahmen zum Balkankrieg? Dabei hat er sich nichts zu Schulden kommen lassen, im Gegenteil, er hat die Fahne des Dichters hochgehalten und, indem er die Tagtäglichkeitsschreiber in die Schranken gewiesen hat, versucht, die Büchse der Pandora zu schließen!

Wieder sehe ich mich, nachdem ich die Seitenstraßen verlassen habe und zur Frankreichstraße zurückgekehrt bin, einem, ich möchte fast sagen, gegnerischen Menschenstrom gegenüber. Flanieren sie? Nein, sie flanieren nicht, sie strömen. Kein Ort, der zum Verweilen einlüde. Kein Für-sich-, sondern ein Überall-gleichzeitig-Sein. Welche Art von Verbindung gehen sie mit ihrer Umgebung ein? Falsche Frage, sie brauchen keine, sie haben ihr Smartphone. Und ihren Kaufwunsch. Sie sind sich immer schon selbst voraus, sie sind überall und nirgendwo, ihnen bedeutet Gegenwart nichts, weil sie nicht Teil einer Zeitenfolge sind, sondern nur Teil der unendlichen Gegenwart der Kommunikation. Der neue, allseits vernetzte Mensch hat seine ihm angemessene architektonische Umgebung gefunden, er hat mit dem Reißbrett aufgeschlossen.

An der Ecke rue Tolbiac und Avenue de France setze ich mich in ein Straßencafé. Ich bestelle ein Bier und – Handke kommt wieder ins Zimmer.

Nehmen Sie noch ein Glas? Ich habe einen österreichischen Rotwein, der schon offen ist.

Er geht in die Küche, kehrt mit der angebrochenen Flasche ins Zimmer zurück und stellt sie neben mich, zum Zeichen, dass ich einschenken solle.

Trinken Sie ab und zu ein Glas?

Ein paar Mal die Woche, ja.

Ich eigentlich nicht, doch, manchmal schon, sonst halte ich die Menschen gar nicht aus.

Oh, merke ich, ein wenig bestürzt, innerlich auf. Woher hat dieser empfindsame Mann die Kraft genommen, den jahrelangen Anfeindungen seitens der Presse die Stirn zu bieten? Die Antwort liegt auf der Hand: Seine Empfindsamkeit ist mit großer Zähigkeit gepaart, er ist ein Widerspruchsgeist, wie er im Buche steht, den kriegt so schnell nichts unter, der ist, sozusagen von Geburt an, gegen die Gesellschaft konstruiert, dem ist das Für-sich-Sein eingebaut wie dem Mercedes die Vorfahrt.

Möchten Sie noch einen Kaffee?, fragt er.

Das wäre jetzt genau das Richtige. Ich freue mich über seine nicht nachlassende Aufmerksamkeit. Meinen Anstalten, die Teller zusammenzustellen, begegnet er mit einer Handbewegung, die besagt: Überlassen Sie das mir, und geht in die Küche.

Während er den Espresso zubereitet, wandere ich noch einmal im Zimmer umher und da fällt mir der schwarze Block von einigen Dutzend auf dem Sofa gestapelten Exemplaren der *Baumschattenwand* auf, über die mein Blick beim ersten Umschauen nur registrierend hinweggegangen ist. Ich nehme an, es handelt sich um Belegexemplare, vom Verlag zugeschickt, und im gleichen Augenblick wird mir klar, was sich hinter dem Satz verbirgt, den er in seinem letzten Brief geschrieben hatte, und der sinngemäß lautet: Ich stecke tief in einem Tun, auch wenn es nur ein Sortieren und Kopieren ist – er hatte seine Notizbücher aus den Jahren 2007 bis 2015 durchgesehen und geordnet. Und im gleichen Moment weiß ich auch seine Bemerkung aus dem gleichen Brief, er verschwände bald im Landesinneren, zu deuten: Er wird sein letztes großes Epos, auf das er in der *Baumschattenwand* öfters hingewiesen hat, in Angriff nehmen. Ich stelle ihn mir vor, wie er sich ins Innere seines Landes zurückzieht, sich nur noch um das Nötigste der praktischen Lebensführung kümmernd, und aufs Ganze geht, um der Erzählstimme in sich Tür und Tor zu öffnen. Ob meine Vermutung zutreffe, würde ich ihn gerne fragen, wenn er wieder ins Zimmer kommt, um ihm dann Glück zu wünschen, oder besser: einen günstigen Stand der Sterne über dem Ort, an dem er sein letztes Epos schreiben wird, ein gutes Gelingen – aber nein, ich werde meine Vermutung für mich behalten und wie bisher keine Fragen stellen, die sich nicht unmittelbar aus unserem Gespräch ergeben.

Ich habe Ihnen etwas mitgebracht, sage ich, als er wieder aus der Küche kommt und die kleine Tasse und ein Schälchen mit Zucker vor mich hinstellt. Ich reiche ihm ein in Seidenpapier eingeschlagenes Foto, das die Kuppel des Pantheon mit seiner Öffnung zeigt. Das einfallende Sonnenlicht malt einen Lichtkreis auf die Kassettendecke, der durch die rechteckigen Vertiefungen zu einem Totenkopf verzerrt ist. Ich hatte es vor Jahren aufgenommen, als ich mich einige Stunden in dem Gebäude aufhielt und die an einem Sommertag freilich unbegründete Hoffnung hegte, es möge regnen, um einmal die sich dann vom Kuppelloch bis zum Boden bildende Säule fallender Regentropfen zu Gesicht zu bekommen. Als ich wieder einmal zur Kuppel aufschaute, traute ich meinen Augen nicht: Der wandernde Lichtkreis hatte sich in einen Totenschädel verwandelt.

Handke schaut sich das Foto an und bedankt sich.

Ich habe Ihnen noch etwas mitgebracht: das Künstlerbuch, von dem ich Ihnen geschrieben habe. Wenn Sie einverstanden sind, gehe ich es jetzt holen.

Handke nickt. Froh über die Unterbrechung durch den Espresso, der mir ein Ausscheren aus dem Gesprächsfluss ermöglicht hat – es ist mittlerweile später Nachmittag, und ich hatte schon länger überlegt, wie ich doch noch die Kurve kriegen und auf das Buch zu sprechen kommen könnte –, gehe ich in die Diele, wo ich die Mappe mit den losen Din-A3-Blättern in einer Plastiktüte deponiert habe.

Legen Sie es auf den Tisch, sagt Handke.

Ich rufe ihm noch einmal kurz ins Gedächtnis, worum es sich handelt, und wende dann die einzelnen Blätter langsam um. Er schaut sie sich aufmerksam an, bei manchen bedeutet er mir, noch einmal zurückzublättern, oder gibt mir ein Zeichen, mit dem Umblättern noch zu warten. Nachdem ich am Ende angelangt bin, bemerkt er:

Sie sind auf einem guten Weg.

Hm, mache ich, nutze die Gunst der Stunde und frage ihn: Dürfte ich das folgende Zitat, es stammt aus einem Ihrer Briefe, dem Text voranstellen?

Ich lese es vor: *Gern denke ich an Ihren Besuch eines Tages, vor allem nach dem Hinein- und Hinauslesen in und aus Ihrem Siebenmeilentext über dies und vor allem jenes.* Ich habe mich sehr über dieses ‚Begleitschreiben', nein, diesen Begleitsatz gefreut. Er bringt die Sache auf den Punkt.

Das können Sie machen, wie Sie wollen, sagt Handke trocken, das ist Ihre Entscheidung.

Ich werde Ihnen das Buch schicken, wenn es gebunden ist.

Gut. Und nun muss ich mich allmählich geistig darauf vorbereiten, was mich gleich erwartet, sagt er und spielt auf den Termin an, den er zu Anfang des Gesprächs erwähnt und noch wahrzunehmen hat, doch im gleichen Atemzug fordert er mich auf, mich zu bedienen, wenn ich noch einen Kaffee wolle. Ich wage nicht, ihn zu fragen, um was für einen Termin es sich handelt. In der Diele begegnet mir der Sack Nüsse, den ich vor einigen Stunden dort abgestellt habe. Die Küche ist relativ klein, es wäre also recht eng zugegangen, wenn ich ihm bei der Essenszubereitung geholfen hätte. Als ich nach der Kaffeekanne greife, merke ich, dass ich davor zurückscheue, mich wie selbstverständlich zu bedienen, und als ich mir dann einschenke, durchströmt mich eine leise Freude über den Vertrauensbeweis des Hausherrn, dass er mich in seine Küche gelassen hat.

Wo sind eigentlich die Nüsse?, fragt er, als ich mich wieder an den Tisch setze.

Ich habe sie auf den Küchentisch gestellt.

Er nickt zufrieden.

Wann haben Sie eigentlich das Haus gekauft?

Vor sechsundzwanzig Jahren. Nachdem ich drei Jahre lang ohne festen Wohnsitz durch die Welt gereist bin.

Ich habe Sie damals sehr beneidet um Ihre Unabhängigkeit. Es schien so zu sein, als stünde Ihnen die Welt offen, als könnten Sie in jeden noch so entfernten Winkel fahren. Ich stellte mir vor, Sie würden auf jedem Flugplatz, auf dem Sie landeten, eine aufblasbare Weltkugel aus der Tasche ziehen, sie ins Rotieren bringen und dann, mit dem Zeigefinger auf sie herabstoßend, Ihr nächstes Reiseziel festlegen.

Handke lächelt, die Luft durch die Nase blasend.

So, jetzt muss ich aber wirklich aufbrechen. Ich bringe Sie noch zum Tor.

Auf dem Weg zum Gartentor biegt er noch einmal ab und zeigt mir seine ehemalige Schreibstätte. Er öffnet eine

Tür zu einem kleinen Anbau und lässt mich kurz hineinschauen.

Haben Sie hier die *Niemandsbucht* geschrieben?

Hier und im Wald, wenn es im Haus zu unruhig war.

Wir gehen zum Gartentor.

Ich hoffe, wir treffen uns mal wieder, sage ich zum Abschied.

Inschallah, sagt er.

21

Am Nachbartisch findet eine Begrüßungsszene statt: Eine junge Frau kommt an den Tisch eines jungen Mannes, aufgedrehtes Umarmen und Wangenküssen (heftiges Auffliegen, Flügel spreizen, Gegackere, kleine Federn stieben durch die Luft). Kaum, dass die junge Frau Platz genommen hat, stecken sie die Köpfe zusammen und starren auf sein Smartphone.

Und, wie war's? / Super. Ich zeig's dir gleich, ich hab Fotos gemacht ... hier, das ist der Garten / wisch / das ist das Haus / wisch / der Windfang / wisch / das ist ein Gartentisch – der ist ja vollkommen verrottet ... / wisch / da haben wir gesessen / wisch / da schält H Esskastanien / wisch / so sieht sein Zimmer aus / wisch / das hat er aufgetischt / wisch / Noch mal zurück / wisch / er hat sich nicht lumpen lassen ... / wisch / da kommt er aus der Küche / wisch / so hat er beim Reden ausgesehen / wisch / Das war's. Wisch und Weg.

Speise deine Bekannte nicht mit Fotos ab, habe ich dem Smartphone-Besitzer zurufen wollen, gib ihr die Chance, sich ihr eigenes Bild zu machen! Mach dir die Mühe, es mit Worten zu schildern! Lass den Apparat nicht deine Arbeit tun!

Mensch, ärgere dich nicht, sagt mein Mitspieler und blättert kurz in dem Heft über Jean Genet, und doch muss ich dich jetzt ärgern: Du hast geflunkert.

Wann?

Bei dem, was Handke zu deinem Künstlerbuch gesagt hat.

Tatsächlich. Ist mir gar nicht bewusst.

Es ist auch nur eine Kleinigkeit, die aber doch gewichtig ist. Handke hat nicht gesagt: „Sie sind auf einem guten Weg", sondern: „Sie sind auf dem Weg, ob auf einem guten, kann ich nicht sagen."

Du hast Recht. Ich hätte gern ein Lob gehört, aus berufenem Mund.

Aus seinem Mund war das durchaus ein Lob. Handke hat es sich auf seine Fahne geschrieben, nicht mehr zu urteilen.

Er hat keine Fahne.

Stimmt.

Wisch und weg, wisch und weg, wisch und weg, dringt es vom Nebentisch herüber. Da wird die Welt weiterhin mit Fotos erstickt.

Das Gespräch kommt mir jetzt schon wie im Traum vor, er war übrigens genau so, wie ich ihn mir vorgestellt habe.

Das bedeutet, dass er ein Mann ist, wie er im Buche, wie er in seinen Büchern steht.

Was wiederum nichts anderes bedeutet, als dass er sein Wort, seine Wörter gehalten hat.

Ich nehme einen kräftigen Schluck aus meinem Bierglas.

Was abermals nichts anderes bedeutet, als dass es weitergehen wird.

Du meinst, es war nicht das letzte Mal, dass ihr euch getroffen habt?

Vorstellung und Wirklichkeit haben auf wunderbare Weise übereingestimmt, fast scheint es mir, als hätte ich die Wirklichkeit geträumt. Es herrschen also beste Voraussetzungen für eine realitätstaugliche Beziehung. Unsere heutige Begegnung war nur der Anfang ...

Aber sie ist doch ein einmaliges Ereignis, das vom wahr gewordenen Traum! So etwas widerfährt einem nur einmal im Leben, vielleicht zwei Mal ...

Ja und nein. Nein, weil der Traum weiter seine Kraft behält, er vergeht nicht, indem er wahr geworden ist. Er löst sich nicht in der Wirklichkeit auf, sondern behauptet sich als Traum, er wirkt und wirkt die Wirklichkeit und führt zu neuen traumhaften Begegnungen.

Was hältst du davon, den Ball etwas flacher zu halten, sagt mein Mitspieler.

Das rätst du mir – mir!? Wenn ein schwärmerisch veranlagter Mensch etwas nicht kann, dann ist es, den Ball flach zu halten.

Und doch hattest du mindestens fünfundsechzig Prozent Ballbesitz.

Was meinst du?

Ich meine in eurem Gespräch. Schau mal ... in deine rechte Tasche!

Da ist mein Begleiter.

Dann in die linke.

Der Zettel vom Gartentor! Es war also doch kein Traum!

Handke hatte den zusammengeknüllten Zettel auf den Gartentisch gelegt, und du hast ihn an mich genommen, als er ins Haus ging, um ein zweites Messer zu holen, oder ich habe ihn an dich genommen, wie auch immer ... was ist los ... was schaust du mich so komisch an?

Du wirst mir langsam unheimlich. Ich glaube, es ist besser, wenn du jetzt gehst, bevor du dich zu einem leibhaftigen Doppelgänger aufschwingst. Die Wartezeit war deine Zeit, und die ist vorbei. Du hast dir einfach eine Verlängerung erschlichen, indem du dich als Mitspieler in mein Spiel gebracht hast.

Dein Spiel? Es war meins. Erst ich habe die Wartezeit zum Spiel gemacht.

Ohne mich wärst du gar nicht auf der Welt.

Ich denke, es ist jetzt an der Zeit, mal etwas grundsätzlich klarzustellen: Ich bin die Henne, nicht du! Du bist das Ei!

Ein Lachen bricht aus mir heraus, so laut, dass die beiden Nachbarn ihr Smartphone vergessen und ihre Köpfe zu mir drehen. Auch mein Mitspieler beginnt zu lachen. Schließlich sagt er, nachdem er sich beruhigt hat:

Also schlag ein, nach H ist vor H. Wartezeit ist Lebenszeit.

In Ordnung. Und auf was warten wir jetzt? Auf Godot?

Lass uns gehen!

Wir können nicht.

Warum nicht?

Wir warten auf den Tod.

Ah! Bist du sicher, dass es hier ist?

Was?

Wo wir warten sollen.

Er sagte, überall und nirgendwo.

Ich trinke mein Bier aus.

Dem Tod will ich noch nicht begegnen. Noch nicht.

Brauchst du auch nicht. Wir halten ihn uns vom Leib, wir umspielen ihn sozusagen, indem wir ihm jeden Tag freundlich guten Tag sagen, dann wird es bei den vielen Unfreundlichkeiten, die die Sterbeunwilligen ihm täglich an den Schädel werfen, nicht lange dauern und er hat sich so an uns gewöhnt, dass er, wenn unsere Stunde schlägt, seine Sense nicht anrührt, weil er nicht auf uns verzichten kann.

Klingt plausibel. Also gut, ich nehme dich beim Wort, schlagen wir dem Tod ein Schnippchen. Und wenn wir nicht gestorben sind, so spielen wir noch heute.

22

Beschwingt spaziere ich die Avenue de France entlang zur Bibliothèque Mitterrand. Die Dämmerung hat inzwischen eingesetzt. Der weitläufige Platz mit dem ‚Waldstück' in seiner Mitte scheint seit gestern irgendwie größer geworden zu sein, auch die vier aufgeschlagenen Hochbücher scheinen höher aufzuragen, oder ist das dem farbigen Hintergrund, dem von rötlich gefärbten Wolken durchzogenen Abendhimmel geschuldet?

Ich gehe zur Platzmitte und werfe einen Blick auf das Waldstück. Die Wipfel der Kiefern haben das Niveau des Platzes fast erreicht. War das gestern auch schon so? Wieder erfreue ich mich an den dicht gedrängten Kronen des Mischwaldes. Ist da nicht ein entferntes Vogelgezwitscher zu hören …? Mit einem Mal schwillt es an, wird lauter und lauter, schließlich wie aus tausend Kehlen, ein Starenschwarm scheint irgendwo eingefallen zu sein, wahrscheinlich gerade aus Afrika zurückgekehrt. Und jetzt sehe ich die Vögel zwischen den Blättern sitzen, überall, auf den höchsten Wipfeln, fast zum Greifen nah, dicht nebeneinander, es wimmelt nur so von ihnen, Vogel und Blatt dabei kaum zu unterscheiden: Ist es ein grüner Star, der, oder ein graubraunes Blatt, das sich da bewegt? In den größeren Astgabeln haben sich kleine Teiche gebildet, in denen die Vögel baden, hunderte, die ihr Gefieder spreizen, mit den Flügeln schlagen und die Baumkronen in eine zitternde und bebende Landschaft verwandeln. Unvermittelt reiße ich mich los von diesem immer bedrohlicher werdenden Anblick und schaue auf: Es ist dunkler geworden, ein matter, wie von künstlichem Licht rührender Schimmer liegt auf den grauen Holzplanken des Platzes, ebenso auf den Fassaden der vier Hochhäuser. Es hat den Anschein, als käme das künstliche Licht von dort, und der Eindruck bestätigt sich, als die Fassaden sich allmählich aufhellen: Es sind nicht die einzelnen Fenster, es ist die gesamte Fläche, auf der ein hellgrauer Schimmer liegt, als ob sich die vier aufgeschlagenen Hochbücher in gigantische Berührbildflächen verwandelten, und tatsächlich, jetzt erscheinen auf den Leuchtflächen metergroße Buchstaben. Vor jedem Hochbuch steht eine Vielzahl von Stühlen (standen sie eben auch schon da?), auf denen Menschen sitzen und zu den Berührbildflächen hochschauen. Andere haben es sich auf den Holzplanken bequem gemacht und ihre Jacken als Kopfkissen untergeschoben. Ich gehe auf die in nordwestlicher Richtung liegende Berührbildfläche zu, doch beim Näherkommen werden die Buchstaben unscharf und verlieren ihren Zusammenhang, als ob die Vokale fehlten. Sind es arabische oder indische Schriftzeichen oder gar Hieroglyphen? Welches Buch wird denn hier gegeben, frage ich einen der, wie soll ich ihn nennen, Zuschauer, Leser? Erst später fällt mir meine merkwürdige Formulierung auf, als handelte es sich um ein Theaterstück. Der Mann dreht sich um, und ich erschrecke bis ins Mark: Er hat kein Gesicht! Oder anders: Da, wo sich eigentlich Augen, Mund und Nase befinden, ist das Gesicht von Narben durchzogen, die sich bei genauerem Hinschauen langsam, wie in Zeitlupe, zu glätten scheinen. Dort, wo Augen und Nase lokalisiert sind, entstehen sanfte Vertiefungen, beziehungsweise Erhöhungen, doch einzig und allein der Mund bildet sich wieder vollständig aus und beginnt schließlich meine Frage zu beantworten:

Schauen Sie auf das Schild, dort steht alles, was Sie wissen müssen: Buchtitel, Autor, Umschlaggeschwindigkeit pro Seite, Öffnungszeiten, Dauer der Präsentation ...

Verwirrt über die nüchterne Präzision der Auskünfte, die so gar nicht zu dem noch immer entstellten Gesicht passen, blicke ich mich um, sehe aber weit und breit kein Schild. Auch am südwestlichen Buchturm ist keins vorhanden. Ein zweites Mal wage ich nicht jemanden zu fragen, kehre zum Nordwestturm zurück und lege mich rücklings auf die Planken, die Hände unter dem Kopf verschränkt. Immer noch sind die Buchstaben zusammenhanglos. Wohl scheint es eine europäische Sprache zu sein, manchmal ist da eine Ahnung von einem Wort, aber wenn ich kurz davor bin, es zu entziffern, verblasst es, oder die Buchstaben geraten durcheinander und stieben davon, als seien sie vom Wind aufgewirbeltes Laub.

Allmählich werde ich müde und schließe die Augen, und doch sehe ich weiterhin die Berührbildfläche, nehme sie durch die geschlossenen Lider wahr, oder sind meine Augen geöffnet? Ich weiß es nicht, will es gar nicht wissen, ich weiß nur, dass irgendwann die Buchstaben in einer mir geläufigen Sprache zueinanderfinden werden, vielleicht binnen Minuten, vielleicht erst in einigen Wochen, das spielt keine Rolle, ich weiß, dass es so sein wird und dass ich hier so lange liegen bleibe, bis die Worte klar und deutlich erscheinen, zuerst vereinzelt, dann mehr und mehr, und dann endlich wird das Lesen beginnen *und wieder, am wolkenlosen Tag, unversehens aus der Linde das Sprühen des Regenwassers, angesammelt oben in den Baumkuhlen und -kolken, und ich darunter, bei strahlender Sonne, der Angesprühte, „Besprengte", samt dem offenen Buch in den Händen. Und besprengt wieder von wem? Von den dort oben in den Baumwannen badenden Amseln. Und dazu unwillkürlich das lateinische Wort für „besprengen“: aspergere. Besprüh mich. Besprengt mich weiter, Amseln! Fort und fort! Asperge! Aspergete!*

Briefwechsel

(Mai 2016–April 2017)

Köln, 31. Mai 2016

Lieber Peter Handke,
ich wähne Sie im Landesinneren (Picardie?) beim Ausholen zu einem großen epischen Wurf. Ich hoffe, Sie können „den Tolstoi in sich mobilisieren“ und das Schreiben geht Ihnen gut von der wieder zu Kräften gekommenen Hand.

Was mich betrifft, so bin ich dabei, das letzte Kapitel des *Schwarzen Turms* zu schreiben, das sogenannte ‚Handke Kapitel‘. Mein Besuch bei Ihnen war ein großer Ansporn, mein Bestes zu geben, und hat ungeahnte, nein, eher ein Schattendasein führende essayistische Kräfte in mir wachgerufen. Ich bin also dabei den „Montaigne in mir zu mobilisieren“. Wie dem auch sei, ich stecke in einem intensiven Schreibprozess: Einerseits macht es mir viel Freude, den Bocksprüngen meiner Phantasie zu folgen, andererseits ist es zeitweise, als ob ich einen wilden Mustang zuritte.

Das Künstlerbuch *Der Schwarze Turm* ist nun gedruckt in fünfzehn Exemplaren und muss noch gebunden werden. Es wird voraussichtlich Ende Juni fertig. Dann würde ich gerne bei Ihnen vorbeikommen und es Ihnen überreichen. Oder Mitte Juli, auf dem Weg zu meinem Haus. Würde Ihnen das passen?

Haben Sie inzwischen meine Erzählung gelesen? Falls sie Ihnen gefällt, hätte ich eine Bitte an Sie: Würden Sie ein kurzes Begleitschreiben verfassen, oder eine Empfehlung, damit ich einen Fuß in die Tür eines Verlages bekomme? Ich finde, es ist allmählich an der Zeit, dass meine Bücher mehr gelesen werden. Ich gehöre nicht zu den Schreibern, denen das Publikum egal ist, die nur für sich schreiben. Das war vielleicht früher so, aber heute möchte ich meine

Bücher mit-teilen, mit dem Leser etwas teilen, ihm eine Freude machen, geteilte Freude ist doppelte Freude. Das Streben nach Anerkennung mag auch eine Rolle spielen, aber ich habe in meinem Leben so wenig davon bekommen, da fällt es mir jetzt im höheren Alter gar nicht mehr so schwer, ganz drauf zu verzichten. Die Vorstellung, anderen diese Hochstimmung, das Hochgehoben- und Begeistertsein, das ich in manchen Büchern erfahre, mit meinen Büchern vermitteln zu können, ist wunderbar. Es geht mir letztendlich darum, mit dem, was ich am besten kann, andere zu erfreuen, und mich an der Freude der anderen zu erfreuen. Amen. Ich hoffe, das klingt nicht zu unbescheiden.

Jetzt kommt mir eine Idee, Sie sind doch ein Freund von Tauschgeschäften, so hatte ich jedenfalls den Eindruck, als ich Ihnen von dem Walnusshandel mit meinem ehemaligen Therapeuten erzählte, ich könnte Ihnen für ein Begleitschreiben Nüsse liefern oder einen Baum pflanzen oder den Rasen mähen ...

Herzliche Grüße,
Rolf Steiner

am 10. Juni 2016

Lieber Rolf Steiner, danke für Ihr Verständnis. Ihr Buch habe ich „viel" gelesen. Recht: nur sagen Sie bisweilen zu „viel", füllen statt offenzulassen (auch zu Achternbusch, etc.)

Danke für Ihre Nüsse. Mein N-Bäumchen krankt – zu viel Regen? (3 × „viel")

Weiter, und weiter mit dem Tun und vor allem Lassen ...

Das wünscht (mit einem Bild*, vor langem aus dem Hochland bei Segovia)
Peter Handke

* Der Text ist auf die Rückseite eines Fotos geschrieben, das in kargem Grasland errichtete Wohnblocks zeigt und den Datumsaufdruck Janvier 2002 trägt.

Köln, den 15. Juli 2016

Lieber Peter Handke,
vielen Dank für Ihre Fotokarte vom Hochland bei Segovia. Ich habe Ihre Anregung zu meiner Erzählung *Ins Offene* aufgenommen und sie noch einmal kräftig durchforstet und mich in der Kunst des Weglassens geübt und sie um gut zehn Seiten gekürzt. Jetzt ist sie rank und schlank, so hoffe ich.

Was mir aber noch immer wie ein Stachel im Fleisch steckt, ist die Tatsache, dass ich wieder einmal meiner Ungeduld erlegen bin und den Text Ihnen zu früh gegeben habe. Obwohl ich doch mittlerweile ein älterer Hase bin, passiert mir das immer wieder, was auch damit zusammenhängt, dass ich so unendlich viele Korrekturen brauche.

Eigentlich sind mir diese Korrekturphasen nicht unlieb. Habe ich erst einmal die Hürde genommen, die sich mir am Anfang jeder Korrekturphase in den Weg stellt, und die in der schmerzlichen Erkenntnis besteht, dass der Text nicht nur, wie angenommen, kosmetische Korrekturen braucht, dann ist es eine Lust, die Scharten auszuwetzen, umzubauen, durchzu-streichen, weg, weg, weg mit dem Ballast!

Was ich bedauere, ist, dass ich jetzt in trübem Licht vor Ihnen stehe, wo ich doch glänzen wollte. – Ich schicke

Ihnen die letztgültige Fassung (einmal muss Schluss sein!), vielleicht haben Sie ja Lust, sie noch einmal zu überfliegen in der Nähe Ihres Nussbäumchens – Sie schrieben, es kränkelte, und ich bin leider kein Nuss-Doktor, aber vielleicht hilft ja Zuspruch, ich meine das durchaus ernst, ich rede auch manchmal mit meinen Nussbäumen und tätschele ihren Stamm und bin kein Esoteriker –, wenn nicht, dann werfen Sie das Manuskript in den Papierkorb, ich kenne ja Ihre Papierphobie.

Und nun zu dem Künstlerbuch *Der Schwarze Turm**, das ich Ihnen anbei schicke und das hoffentlich heil bei Ihnen ankommt. Die Titelgrafik ist mit Siebdruck auf den Deckel gedruckt, es gibt fünfzehn Exemplare, die Nr. 3 habe ich Ihnen zugedacht. Das sogenannte ‚Handke-Kapitel', in dem ich meinen Besuch bei Ihnen schildere, und das ich als letztes Kapitel dem Text, der als ‚normale' Buchveröffentlichung geplant ist, beifügen möchte, ist ebenfalls fertig, nur will ich nicht den gleichen Fehler begehen wie bei der Erzählung und ihn noch ein paar Wochen ruhen lassen, um dann eine letzte(?) Korrektur zu machen, die ich Ihnen Ende August schicken werde, wenn ich aus Lavaur Delbos (der Flecken, wo mein Haus steht) wieder zurück bin. Morgen werde ich mit Kind und Kegel dahin aufbrechen, ich war schon seit einem dreiviertel Jahr (zur letzten Nussernte) nicht mehr da. Heute will ich noch ein Schlauchboot kaufen – das letzte haben die Mäuse zerlegt –, um mit Rosalie-Leocadie auf den tieferen Stellen der Dordogne und den seichteren des Atlantik zu paddeln.

Herzliche Grüße
Rolf Steiner

* *Der Schwarze Turm*. Impressum: Die mit einer mechanischen Schreibmaschine getippte Textfassung aus dem Jahr 2010 durchwandert / mäandert / durchdringt und -springt / schlägt sich durch und untergräbt /

fließt und überschwemmt – von hinten nach vorne, aber nicht von unten nach oben und nicht von rechts nach links – die gedruckte, letztgültige Textfassung aus dem Jahr 2015.
So ist eine aus 40 Originalblättern zusammengesetzte *Bild*fassung des Textes entstanden, eine grafische Wandarbeit (ca. 210 × 240 cm), die Teil der Ausstellung *Der Schwarze Turm* sein wird und von der im Faksimile-Verfahren eine Auflage von fünfzehn nummerierten und signierten Buchexemplaren gedruckt wurde.
Dem Buch ist ein Briefwechsel von Peter Handke und Rolf Steiner, im Faksimile gedruckt, eine Partitur der Komposition *La Torre Negra* von Ramón Gorigoitia sowie eine originale, mit der mechanischen Schreibmaschine getippte Zeichnung von Rolf Steiner beigebunden.

Köln, 17. August 2016

Lieber Peter Handke,
hier die beiden letzten Kapitel des *Schwarzen Turms*, die von meinem Besuch bei Ihnen handeln: *Kniespiel* und *In der Niemandsbucht*.

Ich bin fast traurig, dass die Arbeit nun abgeschlossen ist. Es war eine schöne und aufregende Zeit, wie der Text sich über die letzten drei Monate verändert hat, von der Keimzelle unseres Gesprächs seinen Ausgang nehmend, um dann weitläufig und leichtfüßig zu werden, das war jedenfalls mein Bestreben. Oder anders, im Zeitraffer betrachtet: wie ein Klumpen Ton, der, auf die Drehscheibe geworfen, viele Umdrehungen benötigt, oftmals in die Höhe und in die Tiefe wächst, bis er als Gefäß seine letztgültige Form gefunden hat. So hoffe ich, dass diese Verwandlung zwischen den Zeilen zu spüren ist oder beim Lesen als Oberton mitschwingt, und dass er Ihnen Freude macht.

Haben Sie eigentlich das Künstlerbuch bekommen? Ich hatte es Ihnen von Paris aus geschickt, wo ich einen Tag Station gemacht habe auf dem Weg nach Lavaur Delbos.

Dort war schönstes Wetter und gute Stimmung – Baden in der Dordogne, Ausflüge –, ein Dorffest, wie es im Französischen Film steht: lange Tischreihen unter Walnussbäumen, Spezialitäten aus der Region, furiose traditionelle Bläser- und Trommelmusik, Sonnenflecken auf und heitere Gespräche über den Tischreihen – und zum Schluss, aber nicht zuletzt Arbeiten auf dem Gelände, vor allen Dingen Roden und Mähen und Vorbereiten der Nussernte.

Ende September fahre ich noch einmal für eine Woche dorthin und würde Ihnen gerne dann einige Welschnüsse vorbeibringen, falls Sie Zeit haben am 28. oder 29. September.

Herzliche Grüße
Rolf Steiner

am 8. September 2016

Lieber Rolf Steiner,
Verständnis bitte für meine späte und eher nichtige Reaktion auf Ihr Skriptum. Viel Edelsinn ist drin, aber vielleicht sollten Sie ihn weniger oder lakonischer propagieren. Schwärmen ist etwas Gutes, nur: es formen! (Nicht zu sehr)

Ich bin doch mit Ach und Krach und manchmal „Ah!" in eine Expedition geraten, die so Gott will, dauern soll. So nur diese kurze Salve, mit Dank und

herzlichem Gruß
Ihr
Peter Handke

Die Rückseite des Din-A4-Blattes zeigt die Kopie einer Tuschezeichnung.
Auf der Rückseite des Kuverts findet sich der handschriftliche Vermerk: 5 Nüsse

Köln, 15. September 2016

Lieber Peter Handke,
Sie schrieben auf die Rückseite des Umschlags Ihres letzten Briefes „5 Nüsse". Sollte das Ihre gesamte diesjährige Ernte gewesen sein?? Das wären ja selbst für ein Eichhörnchen zu viele zum Sterben und zu wenige zum Leben. Da kann ich Ihnen aber ein paar mehr vorbeibringen. Ich fahre am 22. September nach Lavaur Delbos zu einer etwas verfrühten, und deshalb wohl geringer ausfallenden Nussernte, da ich eine Woche später schon wieder in Köln sein muss, um Vorbereitungen für meine Reise nach Chile am 9. Oktober zu treffen. Ich fliege mit einem befreundeten Komponisten, der auf Konzertreise geht, er hat die Musik zum *Schwarzen Turm* komponiert. Nach den Konzerten fliegt er wieder nach Deutschland, und ich mache mich auf nach Feuerland.

Ich rufe Sie aus Frankreich einmal an, ob Sie am 29. September in ‚Sevilla' sind, so um die Mittagszeit, und Zeit haben, die Nüsse in Empfang zu nehmen. Dann würde ich einen kurzen Abstecher machen.

Anbei schicke ich Ihnen „Wissenswertes"* über die Walnüsse aus der guten alten Zeit. Hieronymus Bock (Nomen ist hoffentlich nicht Omen) empfiehlt 1577, die grüne Schale zu trocknen, zu pulverisieren und als Pfeffer zu verwenden.

Steinpilzrisotto mit Walnusspfeffer ... auch net schlecht, würde Hermann Lenz sagen.

Herzliche Grüße
Rolf Steiner

* *Der Walnussbaum.* Kopie eines vermutlich aus einem Buch über Obst- und andere Fruchtbäume stammenden Kapitels.

Köln, 7. Oktober 2016

Lieber Peter Handke,
welche Überraschung: Ihr Anruf auf der Autobahn kurz vor Limoges. Mit einem Mal vibrierte es auf meiner Brust, mein Mobiltelefon steckte in meiner Hemdtasche, ich griff mit der rechten Hand hinein und zerrte, während die linke das Steuer hielt, mühsam den auf dem Grund der Tasche quer liegenden Apparat hervor, und dann war da Ihre Stimme irgendwo zwischen den Fahrgeräuschen. Nicht einmal im Traum hätte ich mit Ihrem Anruf gerechnet, ein Anruf wie Blitz aus heiterem, oder besser, wie Sonnenstrahl aus wolkenverhangenem Himmel. Wie bestellt, tauchte dann sogleich eine Bucht am Autobahnrand auf, in der ich anhalten konnte, und dann endlich war ihre Stimme klar zu verstehen. Sie seien „unabkömmlich", sagten Sie, Sie seien, obwohl Sie das Wort nicht gern benutzten, in der „Arbeit", und ich entgegnete, es gebe nicht viele Nüsse, die Ernte habe noch nicht begonnen, aber ich könne sie wegen meiner Reise nach Chile Ende nächster Woche nicht abwarten. Wir redeten noch ein paar Takte, und dann beendeten Sie das Gespräch mit dem Hinweis, dass Sie eigentlich nicht viel reden, sondern mir nur eine gute Reise wünschen wollten, und ich fuhr wieder auf die Autobahn.

Wir können durchfahren, sagte ich zu meinem Freund auf dem Beifahrersitz. Ich hatte ihm schon angekündigt, dass wir eventuell auf dem Rückweg nach Köln einen Zwischenstopp in Chaville einlegen würden, um Ihnen ein paar Nüsse vorbeizubringen. Er hat mir bei der Ernte, die nicht stattgefunden hat, geholfen, und beim Mähen und Roden des Terrains. Er hat die elegantesten Arbeitsschuhe der Welt und ein beachtliches Durchhaltevermögen.

„Unabkömmlich“, so sagt man doch im Deutschen, sagten Sie und hatten wohl mit Bedacht dieses heutzutage selten gebrauchte Wort gewählt. Wenn jemand unabkömmlich ist, muss er da bleiben, wo er ist, er wird gebraucht, er steckt mitten in einer Arbeit, die ihn braucht, er kann keine Ausnahme machen. Sie sind sehr streng mit sich, dachte ich, und meine Gedanken, vom monotonen Fahren auf der Autobahn beflügelt, begannen umherzuwandern, doch dann schien es mir das falsche Wort zu sein, „hingebungsvoll“ wäre treffender, und sogleich fragte ich mich, ob es mir, der ich während der Schreibarbeit für jede Unterbrechung zu haben bin, an Hingabe mangelte oder ob meine Art zu schreiben einfach eine andere sei als die Ihre? Bei Ihnen scheinen die Phasen des Schreibens und Nicht-Schreibens eher getrennt voneinander, Sie gehen schwanger, machen sich dabei höchstens Notizen, akkumulieren die zur Niederkunft notwendige Energie, und dann, wenn es so weit ist, wenn Sie „von einer Expedition erwischt werden“, wie Sie in Ihrem letzten Brief schrieben, dann setzt der Schreibprozess ein, nicht das Schreiben, sondern das Niederschreiben, und dann kommen Sie – so will es mir scheinen, wenn ich die kurzen Zeiträume der Niederschrift bedenke, die Sie oft am Ende Ihrer Texte anführen – recht schnell nieder, ähnlich wie Mozart, von dem man sagt, dass er seine Stücke ohne große Korrekturen in einem Rutsch zu Papier gebracht habe. Mir kommt das Bild eines Wanderers in den Sinn, dessen Schritte nach Wochen des eher schlendernden Vorwärtskommens im gleichen Maß, in dem der Weg schmaler und ebenmäßiger wird, immer zielstrebiger werden, und der schließlich, als der Weg sich in eine markierte Anlaufbahn verwandelt, in Laufschritt verfällt, einen Schlagball hervor- und zu einem großen Wurf ausholt.

Bei mir ist es eher ein tägliches Stottern, ein Satz zieht den nächsten nach sich, aber nur für eine kurze Weile, dann versiegt der Quell, um am nächsten Tag wieder aufzuspringen und sich – jedenfalls zu Beginn einer neuen Schreibarbeit – eine neue Form zu suchen. Das mag damit zusammenhängen, dass ich eine tägliche Schreibdosis brauche. Mehrere Tage ohne Schreiben und ich bin ungenießbar. Vielleicht ist es auch so, dass ich die mit der Unabkömmlichkeit verbundene monatelange Abgeschiedenheit scheue, das Alleinsein, das bei mir schnell in Einsamkeit umschlagen kann ...

Wie dem auch sei, ich möchte Ihnen noch ein wenig von Lavaur Delbos berichten. Die Nüsse saßen also noch fest in ihrer grünen Schale, als wir dort ankamen. Nirgendwo das Bild einer Walnuss, die, als böte sie sich dem Betrachter auf dem Silbertablett dar, inmitten einer aufgeplatzten Schale prangte. Es war merkwürdig still zwischen den Bäumen, keine der sonst bei der Erntezeit üblichen vielfältigen Fallgeräusche – je nachdem, ob die fallenden Nüsse im Gras oder auf einer Steinmauer oder einem tiefer liegenden Ast aufschlagen – waren zu hören, Geräusche, die einen zur Erntezeit viertelstündlich oder gar öfter mit Genugtuung erfüllen und die Vorfreude auf das Sammeln am nächsten Tag schüren. Und doch war der einwöchige Aufenthalt nicht umsonst. Im Gegenteil: Mein Freund und ich haben gemäht, gerodet, gefällt und gefeuert wie selten, er mit seinen eleganten Arbeitsschuhen, ehemaligen schwarzledernen Ausgehschuhen, die irgendwann für das Büro nicht mehr tragbar und doch zu schade und zu bequem waren, um sie wegzuwerfen. Die vordere, schmal zulaufende Partie hatte sich mittlerweile ein wenig nach oben gewölbt, so dass das Paar, auch wegen seiner Länge (Größe 46) an Clownschuhe erinnerte. Mit ihnen ging er nun nicht mehr ins Büro, sondern in die

Waldarbeit, und dort war ihr Anblick immer wieder erheiternd.

Wie Butter ging die Kettensäge durch den vor einigen Jahren umgekippten und von Brombeeren überwucherten Nussbaum, und die wieder ausgeschlagenen, mittlerweile oberschenkeldicken Triebe der Robinienstümpfe waren im Nu durchtrennt. Berufsmäßigen Waldarbeitern gleich entasteten wir die Bäume an Ort und Stelle, verbrannten die Äste und legten die Stämme zur Seite zwecks zukünftiger Verwendung für – ja, für was? – zum Beispiel als Nahrung für den lang gehegten Traum von einem Pavillon – im vorletzten Jahr schon hatten einige hundert Bambusstangen, die inzwischen verrottet sind, dem Traum als Nahrung gedient –, einem Pavillon, der im Sommer als Schattenplatz, bei Regen als Rausch-Hörstelle, im Herbst zum Trocknen der Nüsse dienen soll.

Mein Freund ist ein Feuerliebhaber, und so brannte an einem Tag das Feuer von Sonnenauf- bis weit nach Sonnenuntergang. Von den kleinen Feuern, die er unterhielt, um Haselnussstrünke auszuglühen, nicht zu sprechen. Immer wieder verblüffend, wie schnell das Relief der Landschaft vom Überwurf der Brombeersträucher befreit ist und dann sichtbar hervortritt, im Falle meines Grundstücks hat es die Form eines Amphitheaters. Und gleichermaßen verblüffend: die Verwandlung eines eben noch haushohen Bergs von Gerodetem in ein Häufchen Asche.

Feuermachen hat für mich einen ähnlichen Stellenwert wie der Besitz einer Waffe für die Mitglieder der amerikanischen National Rifle Association: Es ist ein Zeichen von Freiheit, und wenn es auch nur die von Marlboro propagierte ist.

Ein Bauwerk, das nicht erträumt werden musste, sondern ad hoc entstanden ist, als spielerisches ‚Abfallprodukt‘ des Rodens und Baumfällens, ist eine zweisitzige

Bank, bestehend aus zwei nebeneinander gestellten, seit langem im Keller vor sich hinrostenden, aus Stahlrohr gefertigten Gartenstühlen, über deren nicht vorhandenen Sitzflächen ich auf Maß gesägte Haselnussstangen gelegt habe. Die Bank wird von einem Esskastanienbaum, den es vor zwanzig Jahren einmal dorthin ‚versät' hat, überschattet. Er steht neben einem Nussbaum, mit dem er sich immer schon ins Gehege kommt, was aber so bleiben soll, denn zum einen betreibe ich keine Walnussplantage und zum anderen soll mir weiterhin bei der Ernte das Bild der den Boden bedeckenden, mit Esskastanien durchmischten Walnüsse ins Auge springen.

Am Ende der Woche hatten wir den oberen Teil des Terrains, das Amphitheater, gerodet und geklärt und den Boden für die Nussernte bereitet. Verhielt es sich sonst meist so, dass die Nüsse bereits fielen, während das Terrain noch gemäht wurde, war es nun umgekehrt: Das Terrain war noch nie so gut vorbereitet, aber die Nüsse fielen nicht!

Kurz vor Abfahrt setzte ich mich noch einmal auf die Bank und warf einen wehmütigen Blick auf das Gelände. In ein oder zwei Wochen, wenn ich bereits vom Herbst in den Frühling geflogen sein würde, würde es vor lauter Nüssen braun gesprenkelt sein ...

Soweit mein Bericht aus dem Südwesten Frankreichs. Wenn Sie wieder abkömmlich sind, würde ich mich freuen, von Ihnen zu hören. Das ein oder andere Kilo Nüsse ist Ihnen sicher.

Herzliche Grüße
Rolf Steiner

Punta Arenas, 3. November 2016

Lieber Peter Handke,
wie immer auf längeren Reisen allein in der Fremde begegne ich mir selbst öfter, als mir lieb ist. Wenn ich leichtfüßig unterwegs bin, wird die Fremde eindrücklich. Morgen beginnt meine Schiffsreise nach Kap Hoorn, von dem die Chilenen gerne behaupten, es sei das Fin del Mundo, dabei ist es nur das südlichste.

Herzliche Grüße
Rolf Steiner

(Ansichtskarte, die das Felseiland Cabo de Hornos zeigt)

Köln, den 19. Januar 2017

Lieber Peter Handke,
sind Sie noch auf jener Expedition, in die Sie, wie Sie im September vergangenen Jahres schrieben, geraten sind, und von der Sie hofften, sie möge dauern?

Anbei schicke ich Ihnen das Manuskript meines neuen Buches, das sich um das klassische Thema vom Traum, der Wirklichkeit wird, rankt. Immer, wenn ich an es denke, kommt mir das Bild einer sich öffnenden Hand, die einen Vogel freilässt, in den Sinn. Klingt pathetisch – aber gehen Schwärmerisches und Pathetisches nicht Hand in Hand, ist das Schwärmen nicht auch ein die Leidenschaft feiern? Wie dem auch sei, es ist ein Buch mit einem glücklichen Ende, und ich würde es gern mit vielen Lesern teilen. Und noch etwas fällt mir dazu ein: In dem Film mit dem schönen Titel: *Bin im Wald, kann sein, dass ich mich verspäte*[*] – ich sah ihn letztens im Kino, und er hat mir gut gefallen –

sprachen Sie über die Phantasie und das Erfinden und sagten sinngemäß, es gehe nicht um das Hervorzaubern des Nicht-Vorhandenen, sondern um das herzliche Erwärmen des Vorhandenen. Das ist auch meine Art, erzählend zu erfinden, und ich denke, das ist mir im neuen Buch mehr als in anderen gelungen.

Eine Szene aus dem Film ist mir besonders in Erinnerung, als Ihre Tochter Leocadie am Gartentor steht und „Papa, Papa" ruft. Da ist mir wieder aufgegangen, welch schönes Wort doch ‚Papa' ist. Ich habe immer darauf bestanden, dass meine Kinder mich so nennen, in meiner Eigenschaft als Vater, und nicht beim Vornamen, wie es einmal Mode war – eben um die besondere Beziehung zwischen Vater und Kind auszudrücken. In diesem Wort schwingt die ganze Fürsorge mit, die man für sein Kind hat. An den Morgen, an denen ich Rosalie mit dem Fahrrad zur Schule bringe, sie fährt auf dem Bürgersteig, ich auf der Straße, rufen wir uns, das hat sich so eingebürgert, zwischen den geparkten Autos hindurch zu: Hallo Papa! – Hallo Tochter! Hallo Tochter! – Hallo Papa! Und jeder Anruf erwärmt unsere unvergleichliche Beziehung.

Es war ein schönes bejahendes Papa-Rufen, das da vom Gartentor kam, und ich hoffe, dass, wenn meine Leocadie so alt wie die Ihre ist, sie mich auch des öfteren besuchen kommt. Noch sind wir ein Herz und eine Seele.

Ansonsten bin ich im Moment derjenige, der seit einem Monat von den Dämonen der Vergangenheit, die durch ein massives Unglück in der Gegenwart wieder zum Leben erweckt worden sind, heimgesucht wird. Auf die Frage, wie es ihm geht, hat der Heimgesuchte sich kurzfristig angewöhnt, mit „schlechtgut" zu antworten, womit er nicht sagen will, dass es ihm schlecht geht im Guten, sondern eher, dass das Schlechte (in ihm) gut geht, seinen Lauf hat. Im Kampf gegen die unsichtbaren Geister hat er keine Chance, aber nutzt sie, und nutzt sie und nutzt, nutzt und nutzt sie, er ist Nutz, der Große, der erste unter den Nichtsnutzern, zu nichts nutze als zum Nichtsnutzen, der Nichtsnurz ist sein Wappentier, und er nutzt und nutzt die Ungunst der Stunden und Augenblicke und steht auf verlorenem Posten, aber hält ihn**, bis dass ihn eines Tages die vielen genutzten Unmöglichkeiten und bis zur Neige ausgeschöpften Ungelegenheiten an die Gestade eines fernen Landes spülen werden, wo er, nachdem die Sonne seine Kleider getrocknet hat und er aus tiefer Erschöpfung erwacht ist, sich aufrichtet und ausruft: Ich, Nutz der Erste, der ich König von Nichtsnutzia war, ich hatte nie eine Chance, und doch bin ich gerettet.

Das nächste Gestade, an das ich gespült werde, wird aller Voraussicht nach ein Becken sein, und zwar das Pariserische, und das im Frühjahr, und dann würde ich Sie gern, falls Sie von ihrer Entdeckungsreise zurückgekehrt sind, besuchen und Ihnen den für Sie seit letztem Herbst bestimmten Sack Nüsse (Nusssack), auch wenn's nur eine Tüte ist, vorbeibringen.

Herzliche Grüße
Rolf Steiner

* *Bin im Wald, kann sein, dass ich mich verspäte.* Ein Film von Corinna Belz, Deutschland 2016

** Habe mir erlaubt, Ihren ‚Anflug' zu verwenden

am 6. April 2017

Lieber Rolf Steiner,
danke für die Nüsse*, 3 von 4 sind gut! (Immerhin, „in unserer Zeit"). Es freut mich für Sie, auch weil Sie sich

offensichtlich recht freuen, daß aus Ihrem Aufzeichnen ein Buch wird. Das meiste – immer mehr –, was wie ein Buch aussieht, ist ja kein Buch, gehört nicht ins Buch.

In diesem Frühjahr – auch wenn ich nicht mehr als 1,2 × im Monat offizielle Leute treffe – wimmelt es (in meiner Seele) von Offizialität. Und außerdem sinniere ich weiter an einem „Buch" / s. o. – Aber rufen Sie an. Sie sind willkommen. Heute weht ein kalter Wind durch den Garten, die Zitronenfalter haben sich beherbergt, ont trouvé un refuge?

Herzlich –
Peter Handke

* Ich hatte die Plastiktüte mit den Nüssen an die Tür des Windfangs gehängt. Ich war Ende Februar für ein paar Tage nach Paris gekommen, um dem Karneval zu entfliehen, und wollte dabei die Gelegenheit zu einem in meinem letzten Brief nur vage angekündigten Besuch bei Handke nutzen. Ich fuhr mit dem Rad von der Porte de Vanves nach Chaville, traf ihn aber nicht an, beziehungsweise traute mich nicht zu schellen, und beschloss einige Zeit vor der Brasserie der drei Bahnhöfe zu warten. Nach zwei Stunden – die Sonne wärmte bereits – fuhr ich erneut zu seinem Haus, um, falls Handke tatsächlich nicht da wäre oder es mir ein zweites Mal nicht möglich sein sollte, die Klingel zu betätigen, den Sack Nüsse an das Gartentor zu hängen. Auf dem Weg zu seinem Haus kam er mir dann – kaum zu glauben – auf der Straße entgegen. Zuerst machte uns der Zufall sprachlos, dann sagte er, er sei unterwegs zum Bahnhof, um in sein Landhaus zu fahren. Ich begleitete ihn, und er schlug mir vor, den Sack Nüsse vor den Windfang zu stellen, ich hätte doch in meinem Bericht von vor zehn Jahren *(Der Holunderkönig)* das Loch im Zaun beschrieben und wüsste also, wie ich in den Garten käme ...

Inhalt

Die im Text zitierten, kursiv gesetzten Passagen stammen aus folgenden Büchern:

Peter Handke: *Mein Jahr in der Niemandsbucht. Ein Märchen aus den neuen Zeiten,* Suhrkamp 1994
Peter Handke: *Tage und Werke. Begleitschreiben,* Suhrkamp 2015
Peter Handke: *Vor der Baumschattenwand nachts. Zeichen und Anflüge von der Peripherie 2007–2015,* Jung und Jung 2016
Jay Martin: *Henry Miller. Die Liebe zum Leben,* Claassen 1980